夜明けには好きと言って

砂原糖子

幻冬舎ルチル文庫

CONTENTS ✦目次✦

夜明けには好きと言って

✦カバーデザイン＝渡邊淳子
✦ブックデザイン＝まるか工房

イラスト・金ひかる✦

夜明けには好きと言って

白坂一葉《しらさかかずは》の顔に対するコンプレックスは、幼少にまで遡《さかのぼ》る。

ある日知った、自分の顔が醜いという事実は、あっという間に心に根を張り巡らせた。

小学校に上がる頃《ころ》には、目線というのをどこに向けたらいいのか判《わか》らなくなった。

黒板やテレビを見るのは簡単だ。けれど、歩くとき、食事をするとき、会話をするとき…日常の動作の中で、目を向けるべき自然な場所が判らない。特に『人』を前にすると駄目だった。

大人になった今では、どうすべきかはっきりと判る。

けれど、判るのとできるのは違う。

「失礼します」

退室する前に、一礼をするのがやっとだった。

部屋にいた二人の面接官の返事は聞かず、表情を見ることもできず、白坂は逃げるようにその場を後にする。人気《ひとけ》のあるフロアの通路を避け、すぐ傍《そば》にあった男子トイレへと逃げ込んだ。幸い誰もいない。

またやってしまった。

二人の面接官の男…白髪交じりの人事部長と、腹の突き出た営業課長が『ちゃんとこっちを見ろ』と言いたげな表情になっていたのを思い出す。気がついたときには、視線を床に縫いつけていた。人は長時間緊張状態を保っていられるものではない。白坂にとって人の目を見るのは、瞬きをしないでいるのと同じだ。

意識すると余計に駄目だった。責めるような相手の表情を前に、ますますその顔を見ていられなくなる。

何度も面接官の顔を見ようとしては、顔を俯《うつむ》けた。上げては沈む。挙動不審なその動きに、二人の男の顔はさらに渋っ面《つら》に変わり、白坂はいちだんと冷静さを失った。質問に対しても支離滅裂、よくもまぁあれだけ印象最悪の返答ができたと思えるほどだ。

――決まった。不採用だ。

再就職を目指す白坂は、この日三十社目の面接日だった。

そして、三十社目の不採用が確実に決まった日にもなった。

リストラの憂き目にあったのは数ヵ月前。希望退職を募るのではなく、対象者を選び出すリストラ。選ばれただけでもショックは大きかったが、なにより辛《つら》かったのは二十代では自分一人が選ばれたことだった。

白坂一葉は、二十四歳になったばかり。新卒で入った地元の銀行は二年目だった。経験の浅さを理由に納得するには、ほかに何人も同期の社員はいたし、一年下の後輩社員すらもいた。

『リストラを敢行するぐらいなら、採用も控えてくれればよかったのに』

『どうせ営業職は希望じゃなかった』

『まだ俺は若い。後のない五十代のリストラ組に比べればマシだ』

会社に対する憤懣《ふんまん》、自分への言い訳、他人を引き合いに出してのみっともない慰め。それらでどうにか支えてきた自尊心も、就職活動に失敗し続けるうちに打ち崩されていった。

要らない人間のレッテルを貼《は》られて居場所を追われ、そして——三十の場所に『うちも要らない』と拒絶される。

洗面台の縁を無意識に握りしめた白坂は、のそりとした動きで顔を上げ、鏡に映る自分の顔を見た。

いつ見ても陰気な顔。以前はもう少しマシだった気のする顔には、生気すらない。白目の淀《よど》んだ死んだ魚のような目に、リストラと就職活動のストレスから不眠気味でできた上がった深いクマ。痩《や》せた頬《ほお》のこけ具合はとても二十代前半とは思えない。今にも朽ち果ててしまいそうだ。ぺたりと斜め分けした髪に、清潔にしているのだけが取り柄の、痛ましいほど貧相な鼠色《ねずみいろ》のスーツ姿。

自分の顔をちゃんと見るのは久しぶりだった。白坂は病的なまでに自分の顔を直視するのを嫌っていた。女性みたく化粧をするわけでもないから、見なくともそれなりに過ごせる。髪を梳《と》かしつける際に、焦点の合わないような目で自分に向き合うのがやっとだった。

「あれ…白坂くんじゃない？」

俯き加減でトイレを出た白坂は、跳び上がりそうになった。

「どうしたの？　うちの会社に用？」

二人連れの制服姿の女性社員だ。

ちらと確認したその一方の顔は、大学時代の同級生だった。あまり話したことはないが、四年間ずっと一緒だったので覚えている。

「あ…いや、面接にきたんだ。その…て、転職しようと思って。ひ、久しぶりだね」

「へぇ、そうなんだ？　じゃあ一緒の会社になるかもしれないわね。決まったら、同じ部署よ。募集かけてるの、うちの部署なの。そのときはよろしくね」

にこりと笑いかけられ、返す言葉がない。

受かるはずもないのに曖昧《あいまい》に返事を濁し、エレベーターのほうに向かった。甲高い笑い声と話し声が聞こえたのはすぐだ。化粧ポーチを手に彼女たちの消えた女子トイレから、その声は聞こえてくる。

「やぁねぇ、受かるわけないじゃない。ただの転職じゃないのよ、噂《うわさ》によるとリストラされたんだって！」

「えー、ユウコと同い年でもうリストラ？　うわ、悲惨〜」

「万が一、受かられても嫌よ。だってあの人、なんか嫌なんだもん。そうそう、大学時代のあだ名がさぁ…」

エレベーターを待つ白坂は、俯いたままの項《うなじ》の辺りがずしりと重くなるのを感じた。このまま押し潰《つぶ》されたい気分だった。

二十点。

大学時代、頭上から降ってきた声を思い出す。二階の講義室の窓に鈴なりになった女の子たちが、道行く男を採点していた。声が丸聞こえと知ってか知らずか、残酷な彼女たちが自分につけた点数は二十点だった。

その日をきっかけに、時折彼女たちが自分をそう呼んでいたのを知っている。

二十点、に生きる資格はあるだろうか。

あの頃が二十点なら、職ナシの今は何点なのだ。

どうやってビルを出たのか覚えていない。当て所《ど》なく歩きそうになる足を、駐車場に向ける。今日は自分の車できたのだ。少し街の中心から離れれば、途端に交通の便が悪くなるような地方の街だった。

駐車場までの百メートルほどの距離を、日差しに焼かれながら歩く。

息が苦しい。熱気に肌が煙を上げそうだ。気温三十五度はたぶん下らない八月の頭。街路樹には蟬《せみ》が群がり、アスファルトの上は水浸しのように陽炎《かげろう》がうねっている。

汗ばむ額《ひたい》を手の甲で拭《ぬぐ》うと、触れたスーツの袖《そで》の縁が暗い色に変わる。炎天下の下で就活動のために着たスーツは、白坂を一層惨めな気分にさせる。

『気持ち悪い顔で、こっちを見ないで』

こんな日に記憶から再生されるのは、決まって母の声だ。血の繋《つな》がらない母。いわゆる継母《まま》だった彼女の口癖は、幼い頃から白坂を惨めにさせた。

白坂は卑屈《ひくつ》になった。

人の目は見られない。

『気持ち悪い顔』は俯けて過ごす。

学校の教室の片隅で誰かが笑っていると、もしかして自分が笑われているのではないかと気になった。その視線がこちらに向いていたりすると、家に帰っても気がかりで、眠れない夜になることすらあった。自分を笑ったのか、なんて誰にも訊《き》けない。もし間違っていれば自意識過剰な奴だと嘲笑《あざわら》われ、合っていればいたで、『あいつ気づいてたぞ』と陰で笑われる。学校とはそうしたところだ。

自然、人の輪を避ける白坂はどこへ行っても浮いた存在となった。中学の頃、一度だけそんな自分でも認めてくれた男がいたが、蓋《ふた》を開けてみればその男も自分を揶揄《やゆ》するような真似《ね》をしていただけ。裏切りは白坂をますます卑屈にさせ、顔を俯かせただけだった。

器量の悪さは、勤勉さでカバーしてきた。女じゃないのだから、学力さえあれば生きていける。そう信じて地元では一番の大学に入り、それなりの好成績を残して卒業、就職した。

けれど、社会人になれば状況は一変する。テストもレポート提出もない。営業成績を上げるために必要なのは、学力よりむしろ社交性だった。人の顔もろくに見れない白坂は、客ウケが悪いどころか、社内でも上司に好まれなかった。

そして、再就職ともなると、もうどこも大学時代の成績など目もくれない。僅《わず》かばかりの自信は大学卒業をピークに削られる一方で、とうとう身まで削り始めた気がする。

卑屈は人を醜くする。

自分は駄目な人間だ。

だめだ。もうだめだ。だめだだめだだめ——

焼ける額からどっと汗が噴き出す。

「どこ見て歩いてんだ、クソ野郎が！」

汗を拭うハンカチを探そうとポケットを探った拍子に、肘《ひじ》が擦れ違う通行人の脇腹《わきばら》を突いた。派手なシャツの若い男だった。

「…す、すみません」

詫《わ》びる白坂に男は唾《つば》を吐き捨てた。革靴の先に降りかかった唾に、呆然《ぼうぜん》となる。

男の連れの少女が、自分の顔を見て笑った。くすりと蔑《さげす》んだ表情が視界に入り、白坂は顔を深く俯ける。

『こっちを見ないで』

また母の声が聞こえた。

コインパーキングに停《と》めた軽自動車は、熱の塊を押し詰めたみたいになっていた。肺まで焼けそうな熱気の籠《こも》った車内に、白坂は体を収める。

背中を伝う汗が不快だった。

爪先《つまさき》に吐きつけられた唾が、額に貼りつく髪が、熱気を立ち上らせるアスファルトが、街が、太陽が――――自分が。

自分が、自分の中に収まっていることが堪《たま》らなく不快だった。

車を出した。いつもより深めにアクセルを踏み込んだ。目が痛い。フロントガラスの向こうから太陽は自分を睨《にら》み据えていた。ギラつく景色、日差しに炙《あぶ》られたハンドル。車内がクーラーの冷気に満たされ始めても、白坂の頭はじりじりと焼けていた。

何かに急《せ》かされたように、憎悪するように太陽に向かって車を走らせた。

どこをどう走らせたのか。白坂は後になって思い出そうとしても、覚えていなかった。家に向かってはいなかったこと以外なにも。どんなつもりで走らせていたのかも。

自分に――――『そのつもり』があったのかどうかも。

制限時速は超えていた。タイヤが軋《きし》み、悲鳴を上げた。視界が回る。ハンドル操作を誤り、スピンした車の中で、白坂は踊っているようだと感じた。その瞬間があまりにもゆっくりとしていた。

白い帯状のものが、ゴールテープのように迫ってくる。鋼鉄のガードレールが目前に迫り、ボンネットは紙みたいにくしゃりと歪《ゆが》んだ。
衝撃とともにその先の景色が見えた。
何もない。空。コンクリート壁の崖《がけ》を軽自動車に乗った白坂は舞った。
あぁ、今日俺は死ぬんだ。
そう思った。

◇　◇　◇

「その傷、どうしたの？」

連れの女性が目を向け、白坂一葉は首元の傷痕《きずあと》を意識した。

右の顎《あご》の下と首の境目辺りに位置する傷だ。ロックグラスを握ったままの手で傷痕を探ると、つるりとした丸い氷がグラスの中で回転する。

「あぁ…一昨年《おととし》怪我《けが》してさ。縫ったんだ」

「うっわぁ、痛そう。鉤裂《かぎざ》きじゃない！」

くっきりと筋を残した傷痕は醜い。よほど処置が悪かったかのようだが、医者は決してヤブではなかった。カウンターの隣席から、八センチほどの長さの傷を眉《まゆ》を顰《ひそ》め見ている彼女は、白坂が一年半前、交通事故で大怪我を負ったことなど知らない。

挫創《ざそう》、骨折、また挫創。それらが主に集まっていたのは顔だった。顔面外傷。白坂は形成外科治療を受けることになった。

形成外科手術を、顔面に複数回。

入院三ヵ月、そして左足大腿骨《だいたいこつ》骨折のリハビリには八ヵ月。

『生まれ変わったつもりで頑張りなさい』

長期に亘《わた》るリハビリの中で看護師が何度も口にした言葉。白坂が本気で受け入れ、ある決意を固めたのは、事故現場を松葉杖《まつばづえ》で見に行ったときだった。

人気のない林道だった。一箇所だけ真新しくなったガードレールの向こうは、落差十メートルほどの崖になっていた。ほぼ垂直のコンクリートで固められた崖。その真下に事故の傷痕は残っていた。太い枝まで折れた木々が、ぽっかりと開けた暗い穴に、背筋が寒くなるのを覚えた。

死ぬはずの命だった。そう思うと生まれ変われるような気がした。

幸か不幸か、両親はいない。高齢だった父は大学在学中に急死し、血の繋がらない母とは財産分与が済むと縁が切れたも同然に連絡を取り合わなくなった。事故のことは誰にも話していない。リストラの末に自棄《やけ》になって事故を起こしたなんて、恥ずかしくて誰にも話せずにいた。

生まれ変わりたい。

今ならそれができる。

その思いは激しく白坂を駆り立てた。

もう惨めで冴《さ》えない自分はごめんだ。アイツは死んだ。ここで死んだ。

もう、どこにもいない。

白坂は、形成手術で顔を変えた。ようは整形だ。どんな顔がいいなんて理想はなかった。

望みはただ一つ。以前の自分を捨てられればそれでいい。

医者は優秀だった。現在の医療では傷痕を完全に消し去ることは不可能だというが、探し出すのが困難なほどに目立たなくなった顔の傷痕は、ないのと同じだった。

鏡の中に見たことのない自分がいた。

小さな顔にバランスよく収まったパーツ。いつも淀んでいた眸《ひとみ》は輝き、縁取る目蓋《まぶた》は上がり加減で凛《りん》として見えた。血色のいい唇は意識せずとも微笑《ほほえ》みを形づくっており、鼻筋は人形のように通って顔に陰影を生み出している。

怪我の治療のため一度は坊主となり、その後伸びるがままになっていた髪も整えた。初めて足を向けた美容室でされるがまま。仕上がった柔らかで空気感と動きのある髪型は、猫っ毛でやや茶色味がかった白坂の髪質によく合っていた。

顔を変えたからには、もう生まれ育った町では暮らせない。誰に知れるとも限らない。

白坂は町を出る決心をした。念のため、名も変えた。同じ年の従兄弟《いとこ》の住民票を使い、身分証代わりに原付免許証を取得した。

たった一枚の薄っぺらな身分証で、白坂は他人になった。

白坂一葉の名を捨て、今井一夜《いまいかずや》になった。

上京し、当座凌《しの》ぎにウィークリーマンションに入居。白坂が新しい生活の場に東京《とうきょう》を選んだのは、どんな者でも受け入れて馴染《なじ》ませてしまえる鷹揚《おうよう》さが、大都市にはある気がしたからだ。

アユミに出会ったのは、上京してすぐだった。生活用品を買うために、慣れない街の、慣れない巨大すぎる雑貨店で、田舎者丸出しでうろついていたときだ。

『ねぇ、買い物手伝ってあげようか？』

最初は勧誘の類《たぐい》かと疑ったが、それはいわゆる逆ナンパだった。生まれて初めての状況。新しい顔が人に好感を持たれ、女性に声をかけられた事実に白坂は浮かれた。

俯いてばかりの顔を上げ、人の目を見れば、世界は広くなった。今までの自分であれば口をきくのも躊躇《ためら》われただろうに、自然と会話ができた。

アユミとショットバーに酒を飲みにきたのは、出会ってから二週間後だ。

「ね、それってなんで怪我したの？」

「事故。自…転車で転んだ」

「ふうん、見えにくいところでよかったね。顔だったら大変。ねぇ、一夜さぁ…」

風除《かぜよ》け室などないこぢんまりとしたバーは、誰かが店の扉を開ける度、表の冬の冷気が流れ込んでいた。

一月の終わり。夜の空気は酷《ひど》く冷たい。けれど、暖房の効きすぎた温《ぬく》い店内では、それも心地いい。

カウンターに彼女と並び座った白坂は、テネシーウイスキーをちびちびと飲んでほろ酔い加減だった。

「なに？」

「ホスト、やってみる気ない？」

白坂の反応は鈍かった。ホストと言われ、先に思い浮かべたのはコンピュータ用語の『ホスト』なほど、突拍子もない誘いだった。

「一夜、仕事はこれから探すところだって言ってたじゃない？　知り合いのホストクラブが人探ししてんだけど、働いてみない？」

「いや、俺は水商売なんて……」

「少しの間でいいから。場繋ぎでもいいのよ。ボーイも足りないって言ってたから、それだったらホストじゃなくって内勤みたいなもんよ。お願い、助けると思って！　急に何人も飛んじゃったらしくて」

「飛ぶ？」

「辞めたってことよ。ねぇ、アタシこれでも見る目あんの。ホストでいけそうな顔の知り合いって、一夜しか今いないの」

彼女に腕を揺すられ、手元が揺れる。唆《そそのか》すような言葉に、揺れるグラスに映る歪んだ顔さえ、以前の自分に比べれば輝くまでの美しさに思えた。

白々しいほど眩《まば》いネオンの灯《とも》る通りにその店はあった。通りといっても、様々な店の詰め込まれたビルの五階だ。

見つけ出すのが困難な看板をわざわざ灯すのに、意味はあるのだろうか。

見上げればうんざりするほどの数のネオン看板が、春先のタケノコのように地中ならぬビルから突き出ており、その店の看板を確認するのは容易ではなかった。

エレベーターを降りてすぐの店は、スナックやキャバクラの店構えとそう変わらない。といっても、スナック等々も会社の接待で行った経験がある程度の白坂は、よく知っているわけではない。

すぐにホストクラブと判る男の写真なども並んでおらず、黒塗りのドアは静かに通路と店を遮断していた。

店名の『プラチナ』という名も、記されていない。

「うちの店に何かご用ですか？」

声をかけられたのは、少し経《た》ってからだ。ドアを開けるのを躊躇い、裏口でも探した方がよいのではないかと考えあぐねていたところ、エレベーターのドアが開いた。

降りてきたのは男女の二人連れだった。

痩せてはいても、身長百七十はどうにか超えている白坂の頭上から、その男の声は降ってきた。

言葉を運ぶ声の、低い振動。衣服を纏《まと》っていても感じる、存在感のある男らしい体軀《たいく》。仕立てのよさが見て取れるスーツと、落ち着いた物腰は、どこぞのエリート会社員とでも勘違いしたかもしれない。

――こんな場所でなければ。男のスーツの腕に、鮮やかなネイルの施《ほどこ》された長い爪《つめ》の女の手が絡みついていなければ。

白坂は、頭を軽く下げる。

「あの、面接に伺ったのですが、担当の方はいらっしゃいますか？」

「面接…」

こちらの顔を見た男は、一言発したきり黙り込んだ。

なにかおかしなことでも言っただろうか。視線の先に男の高価そうな磨き抜かれた革靴が映り、『あぁ』と思う。

値踏みか。手入れはしていても、自分の安っぽい靴と吊《つ》るしのスーツでは店にそぐわないとでも思っているのだろう。銀行勤めの頃から着用しているスーツは地味な鼠色で、これ以上はないほど野暮ったい代物だ。ホストを目指すような男の着る服ではない。

「友人の紹介で伺ったんですが」

好き好んでやってきたわけじゃない。

顔を上げた白坂は、目を瞠《みは》った。

まだ若い男だった。広い幅の肩。少し浅黒い肌が男臭くも精悍《せいかん》な顔。がっしりした顎に大きめの高い鼻。引き結ばれた少し厚めの唇には、性的な魅力を感じる女性もいるかもしれない。しかし白坂は女ではない。見惚《みと》れやしない。

ただ――その顔は、白坂にとって覚えのある顔だった。

黒石篤成《くろいしあつなり》。

すぐに記憶から叩《たた》き出された名前に、脳内が麻痺《まひ》する。中学の同級生の名前だ。

自分の顔をじっと食い入るように見下ろす男の目は、あの黒石に違いない。

どうしてこんなところに。

どうして、こんなところで――

白坂は息を飲んだ。もしかしてこの男も、自分に気がついたのだろうか。

そんなはずはない。何故《なぜ》なら、顔が違う。まったく違う顔を自分と結びつけられるほど、勘が鋭いはずもない。

なにも気が引けることはない。

白坂は男を真《ま》っ直《す》ぐに見つめなおすと、凛然として言い放った。

「今井一夜といいます。担当の方をお願いできますか？」

「イマイ…カズヤ？」

男は自分を見下ろしたままだ。隣の女がじれったそうに『ねぇ』と腕を引っ張り、男はようやく反応した。

「…あぁ。案内します、どうぞ」

黒石の手に、店のドアが開かれる。

静かな通路に、音の波が打ち寄せてくる。無数の男女の笑い声、歓談の声、グラスの鳴る音。店内の隅々まで満たした華やかな音が、体を打つ。

黒と銀。目に映るものの八割の色。きらびやかな店内は、一瞬白坂の目に、そこで蠢《うごめ》く人間までもを血の通わない作り物のように見せた。


「試用期間は二週間、その間は日給だけど、その後は完全歩合制になるから」

店内は比較的空《す》いていた。月曜の夜なのは関係があるのか、時間が九時を回ったばかりだからか。三十弱ほどあるボックスのテーブル席は、その半数以上がまだ空いており、面接は一番隅のボックスで行われた。

「完全歩合…ですか?」

「そう、悪いが基本給はない。あ…と、君はボーイがいいんだっけ? それなら時給になるけど、今ホストが欲しいところだし、君なら充分いけんじゃないのか?」

店長と名乗って出てきたのは、年のわりに生え際が淋《さび》しいが、雰囲気のある男だった。男は自分を気に入ったらしい。垢抜《あか》けないサラリーマンスーツに眉を顰めつつも、白坂の顔を見ると頷《うなず》いた。

「高収入目指してみるか？」

「はぁ」

「やる気がないなら薦めないけどね」

たいした目的意識もなく、高収入と勘違いの上昇志向だけで飛びつき、すぐに消えていく。そんな奴が多いに違いない。男は皮肉っぽく言った。

白坂の感想はもっと冷めていた。

——なんて馬鹿げた空間だろう。

こういうのを豪華と呼ぶのだろうが、作りこまれた豪華さにはメッキにも似た胡散臭《うさんくさ》さを覚える。派手で悪趣味。内装がそうなら、そこで働く…多くは茶髪の男たちも、着飾った女客も。

向いていない。働く気などさらさら起こらない。目《ま》の当たりにすればするほど、趣味の悪さに引かずにおれない。

それに、この店にはあの男がいる。

あの男。白坂は黒石が嫌いだった。

否、憎んでいた。

「…彼はホストですか？　さっき案内してくれた人ですが」

目線で示した中央のボックス席には、黒石と女客がいる。エレベーターから一緒に降りてきた女とは違う。黒石は複数のテーブルを移動していた。店がさほど混《こ》んでいるわけでもないのに、一人忙《せわ》しない。

目立つ長身の男に、白坂はつい目線を向けずにはおれなかった。

「あぁ、篤成ね。うちのナンバーワンだよ」

「…ナンバーワン？　アイツが？」

うっかり失言した。

白坂の記憶の男は、今日まで詰襟の学生服を着たままだった。艶《つや》のない剛毛の髪に、ぼさっとした眉の、朴訥《ぼくとつ》とした田舎町の中学生だった。

身長の伸びに補正が間に合わず、いつも少し袖の短い学生服を着ていた男だ。話題といえば、部活のバスケのことぐらいの、会話にセンスの欠片《かけら》もない男だ。到底ホストクラブで成り上がるような男ではなかった。

「失礼しました。まだ若そうなのにと思ってしまって」

「はは、年齢は関係ないよ。まぁ店の客層にもよるけど、この世界じゃね。篤成はもうこの数年ずっとうちじゃ看板しょってくれてる」

「ホストって偽名じゃないんですか？」

「源氏名《げんじな》が普通だよ。あぁ、彼は本名だったかな…どうして？」

「いえ、普通っぽい名前だなと思っただけです」

再びボックスに目を向ける。黒石が何事かを周囲の男に告げ、わっと歓声が上がる。高い酒の一本でも入ったらしい。

黒石は微笑んだ。ホストにしては髪も染めておらず、姿勢もよく客の隣に座った男。黒石はまるでなにかに導かれでもしたかのようにこちらを見た。

視線が交わる。

白坂は目を逸《そ》らさなかった。

あの男が、今目の前にいる。信じられない。もう一度会ったらどんなに詰《なじ》ってやろうかと、かつて真剣に憎んでいた男だ。

詰るには月日が経ちすぎていた。あれからもう十年あまり。中学二年のときに親の都合で転校していった男は大人になり、自分も大人になった。自分は今や名前さえ捨て、顔を変えた。

顔。

ふと脇を見れば、壁一面に貼られた鏡に自分の姿が映っている。店を広く見せるための鏡に、場違いななりの男が映っている。

けれど、その顔は以前の醜かった自分ではない。小さな顔の中に、整えられた目鼻。劣等感から解き放たれた自分——生まれ変わった自分がいた。

この顔でなにができるだろう。以前の人生を踏襲し、就職活動の続きか。今更同じ生きかたか。

男の周囲では笑い声が絶えない。持ち込まれた高価そうな酒のボトルに、賑《にぎ》やかなコールが始まり耳障りだ。

黙らせたいと思った。ほとんど発作的だった。

白坂は口を開いた。

「お願いします。この店で、ホストとして働かせてください」


黒石篤成と友達だったことは一度もない。

『友達』のような関係だった時期はあるが、その始まりは普通ではなかった。

その日まで、黒石は白坂にとってただのクラスメートだった。バスケ部員で運動神経がよく、ノッポで容姿は目につくが、無口で物静かな男。そんなクラスの一員でしかなかった。

中学二年生、あと数日で一学期が終わろうかという日の放課後だった。日の長い夏の夕暮れ。西日に照らされ、滲《にじ》む額の汗を不快に感じながら、白坂は校庭を囲むフェンスに背を向けて立っていた。

「黒石、話って…なに？」

白坂は俯き加減で言った。人の目を見るのが苦手な白坂は、急に自分を呼びつけた男の顔を見れずにいた。

黒石はずっと黙り込んでいた。煮えきらない態度に、白坂がじれったさを覚え始めた頃、男はようやく口を開いた。

ぼそりとした声で、言った。

「白坂、俺…おまえが好きだ」

唐突すぎる言葉。宙にふわふわ漂うような非現実的な言葉に、白坂は驚いて顔を上げた。

最初はなんの冗談かと思った。夕陽を後頭部に受けた男の表情は、よく判らない。

「好き…って？」

「だから、そういう意味…でさ。あぁ、いや悪い。変なこと言ってるよな、俺。ごめん、忘れてくれ」

汗ばむのか、男は何度も制服のズボンに手のひらを擦《こす》りつけていた。握ったり開いたり、落ち着きのない黒石の大きな手は、よく見ると指先が震えていた。

これは告白なのだ。

震える指を見るうち、白坂は理解した。

黒石の言葉を信じた。咄嗟《とっさ》になんと返したらよいのか判らず、礼を言った。『ありがとう』

なんて、間抜けな言葉だ。とりあえずその場から逃げ出したくて、『考えさせてほしい』と続けた。

「え…考えるって？」

驚いた男が不思議だった。

「へ…返事、いらないの…か？」

いらないのなら、なんのために告げてきたのか判らない。

男同士だ。返事は『ノー』に決まりきっている。まともな反応など黒石は返ってくるとは思っていなかったのだろう。脱兎《だっと》のように逃げ出した帰り道、白坂はそう考えた。

その夜の夕食は喉《のど》を通らなかった。母親に睨まれて、どうにか胃に流し込むのがやっと。勉強も手につかず、寝つけもせず、ベッドの中で何度も寝返りを打ちながら、黒石のことを考えた。男からの告白を不快に思っていない自分に気がついた。

自分に同性愛のセクシャリティがあったとは思わない。

ただ、嬉《うれ》しかったのだ。継母とはいえ、家族である人間に嫌悪感を与えるほど器量も悪く、性格も臆病《おくびょう》で内向的。こんな自分でも好きになってくれる人間がいたのだと、素直に嬉しかった。

黒石は自分のどこを気に入ったのだろう。

一度だけ日直で一緒になったことがある。当番を組むはずの女子が欠席し、近くにいた黒石を担任が指名したのだ。

あのとき何か自分は黒石の気を引くようなことをしただろうか。思い出せない。考えるとどきどきして眠れなくなった。

――今思えば、いくら初めて人に『好き』と言われたからって、どうかしていたと思う。

あのときに限って何故、臆病はやめるような選択をしてしまったのかと。

翌日、睡眠不足の頭を抱え登校した白坂は黒石を呼び出した。興奮冷めやらぬ気持ちのまま、『一晩よく考えてみた』と切り出した。

「あ、あの…俺さ、一応男だし…黒石を好きになれる自信ないんだけど、と、とりあえず友達からでよければ…」

黒石は驚愕《きょうがく》しきっていた。よろしく、と差し出した白坂の手をなかなか取ろうとはせず、大きな体は強張《こわば》り動かなくなった。

気まずくなって手を引こうとしたとき、男はやっと白坂の手を握りしめてきた。

大きな手だった。運動音痴の自分と異なり、長い指を持つ少し分厚い手のひらは、温かかった。強く握られて体温が上昇した気がした。

夏の間、黒石と付き合った。部活の帰りに待ち合わせて遊んだり、夏休みの宿題を一緒にやっつけたり。バッティングセンターやボウリングでの成績は黒石のほうが断然よかったけれど、勉強は白坂のほうがよくできた。でも少し教えたら、すぐに黒石は追いついてきて、部活にかまけすぎているだけで頭はいい男なのだと判った。

真面目《まじめ》な男だった。少なくとも白坂はそう信じていた。人を腹を抱えて笑わせられるような面白い男じゃなかったけれど、隣にいると妙に安心できた。口下手《くちべた》で沈黙しがちなせいで冷淡に見える顔つきも、笑うと目尻《めじり》に優しげな皺《しわ》が浮かび、白坂はそれを見るのが好きだった。

人の顔を見れない白坂が、黒石の顔だけは盗み見るようにしていつも窺《うかが》った。

黒石の転校が決まったのは、そんな折だ。

二学期の中間試験が終わった頃だった。親が事業を起こすことになったらしく、中学生の二人に引っ越しを止める術《すべ》はなかった。

現実はドラマじゃない。転校が嫌だとごねて自転車で駆け落ちの真似事、互いの両親に連れ戻されて一悶着《ひともんちゃく》…なんて騒動は起こらなかった。そんな馬鹿げた真似ができるほど、十四歳は子供でもない。家の事情は理解できた。

再会を約束し合って別れた。

淋しかった。こういった約束は大抵成就されず、思い出として美化されていくものであるのも、白坂はなんとなく察していた。

けれど、思い出になるはずの日々は、ある日根底から覆《くつがえ》された。黒石がいなくなり、半月あまりが過ぎた頃、クラスメートが言ったのだ。

黒石の告白は、ただの罰ゲームだったのだと。

バスケ部内でのちょっとした賭《か》け事に、黒石は負けたのだとクラスメートは笑いながら言った。最初は女子に告白するはずだったけど、相手が本気にしたらまずいだろうという話になり、男に決まったらしい。

それらの経緯を、白坂は蒼白《そうはく》になっていく顔で聞いていた。

「黒石に口止めされて黙ってたんだけどさ」

打ち明けた男は頭を掻《か》きながらバツが悪そうにしていた。けれど、その隣の男はくつくつと笑い続けるのを隠しもしなかった。

片側だけの八重歯が特徴的で、見た目は可愛いが口のきついクラスメートだった。

「おまえ、男の告白真に受けるなんてさぁ、ホモっけあんじゃねぇの？」

恐れていた言葉が降ってきた。

「ホモ野郎」

蹴《け》られた机が倒れそうに揺れた。机の上からペンケースが吹っ飛び、中身が床に散らばる。弾んだ消しゴムが、左足の上履きの爪先を打ったのを白坂は感じていた。

これがせめて高校生…できれば大人だったなら、その場限りで終わっただろう。なにがそう駆り立てるのか。中学生は陰湿だった。

一度始まれば、揶揄《からか》いは飽きるまで続く。

不幸にもクラスメートはその遊びに飽きたりせず、中学卒業まで白坂は『ホモ野郎』だった。

翌日。初出勤が決まったその日、白坂は昼間スーツを買いに出かけた。デパートで購入するつもりだったが、アユミに相談したらメンズのセレクトショップを紹介された。

スーツといえば、グレーか紺。葬式ならもちろん黒、の白坂に優しいオフホワイト色のスーツを薦めたのは店員だった。

服を買うのはずっと苦手だった。『よくお似合いですよ』と、店員は判で押したように言うが、今までどれ一つとして似合いやしなかった。身長だけがどうにか平均点の白坂は、スーツを着ると痩せた体が服の中で泳ぐようで、陰気な顔と相まって貧相になった。

猫に小判、豚に真珠。店員とは、きっと客が人間でなくとも『お似合いですよ』と言ってのけるのだろう。

そんな疑心暗鬼の白坂は、今日も初めは店員の言葉を信じていなかった。押しに負けて袖を通し、自分の姿を恐る恐る確認してみるまでは。

鏡を見て、驚いた。顔は変われど体型は同じはずが、本当に似合って見えたからだ。少なくとも浮いたところはない。

「お客さん、中性的なお顔立ちだから、こういう優しい色のほうが合うのよ」

着心地のいいスーツは、案の定一着でも買うのを躊躇う値段だった。けれど、初めて合うと思えたのが嬉しくて、それに決めた。ネクタイも二本合わせて選んだ。着慣れない開襟シャツより、タイを締めたほうが落ち着く。

店には開店時間の一時間前、約束の時間にきっちりと訪ねた。

あらかじめ教えられていた裏口から店に入る。狭く短い通路に入り、事務所と思《おぼ》しき部屋を覗《のぞ》こうとしたときだった。

ガシャン。激しい音とともに、開け放しのドアの向こうから灰皿がすっ飛んできた。

何事かと覗けば、戸口に人まで吹っ飛んできた。

「おまえがしろっつっただろうが！」

罵声《ばせい》に硬直する。白坂は驚いた。人が殴られている。金に近い茶髪の男を、赤い開襟シャツの男が殴りつけていた。

最後に一蹴り加え、男はどっかりと椅子《いす》に腰を下ろす。

驚いたのは、事務所ではなく控え室らしきその部屋には、ほかにも数人の男がいることだった。誰も気に留めていない。人が殴られている脇で、雑誌を読み、携帯電話を操作し
――つまり、これは日常的光景らしい。

白坂は気分が悪くなった。

ホストのイメージなんて、正直よくはなかったが、外見で判断してはいけないと思っていた。ヤンキー上がりの風貌《ふうぼう》の者がいようと、誤解してはいけないと自分に言い聞かせていた。

結局、これか。

すぐに腕力でものを片づけようとする、体力馬鹿。この手の野蛮な輩《やから》は、中学を最後に白坂の視界からは消えたはずだった。

人生は分岐していく。人は道を違《たが》えていく。中学高校と上位の成績で卒業し、地元一の大学へは当然現役入学。真面目一筋で勉学に励む白坂の行く先に、この種の人間は誰もついてはこなかった。

白坂はこのタイプの人間が一番嫌いだった。中学で絡んできたクラスメートも、同じ種類の人間だったからだ。

「き…君、大丈夫か？」

戸口で腹を押さえて蹲《うずくま》った男に声をかける。

「…アンタ、誰や？」

随分若い男だった。高校生で通りそうだ。つぶらで、少し日本犬を思わせる眸に、長い前髪がかかっている。

「あ…今日からここで働く、今井一夜って…」

「あぁ！　店長から、聞いとるよ。店長まだやから、とりあえずこっち来て。一緒に掃除の手伝い頼むわ」

顔を顰《しか》めながらのそっと起き上がった男は、何事もなかったかのように通路を先に行く。

彼にとっても、これは日常らしい。

「俺、犬森良平《いぬもりりょうへい》いうんや。店ではリョウ」

開店前のフロアで掃除を手伝う。犬森という男は、十日前に入ったばかりの新人だった。

殴られて切れたらしく、口の端に血が滲んでいる。教えると、無造作に手の甲で拭おうとするからハンカチを差し出してやった。

「洗ってるし、まだ使ってないから」

男は礼を言って受け取り、にかっと笑った。

ふと見れば、業務用掃除機を動かす左手の薬指には、銀色の指輪が光っている。

「もう結婚してるのか？　そういうの、こういう店では外しておくもんじゃないのか？」

「あ、そや、忘れてた。アンタしっかりしてんなぁ。見たところ年上みたいやけど、いくつ？」

「二十五」

「へぇ、俺のほうが十日先輩やけど、アンタのほうが六つも年上やな。俺、まだ十九なんや。仲ようしたってな？　先に飛ばんといてよ？」

どうやら人好きのする男だ。関西弁《かんさいべん》のせいだろうか。出身を訊くと、男は『ちゃう、ほんまはハマっこやのに、嫁のがうつって直らんようになってしまってん』とまた笑った。横浜《よこはま》育ちの関西訛《なま》り。感化されやすいのか協調性の高さか、面白い男だ。

掃除を終えて裏に戻ると、店長以下ホストたちがぞろぞろと出勤していた。登録は四十名ほどらしい。全員揃《そろ》う日は特別な日しかないらしく、ミーティングは二十名ほどで始まった。

黒石の姿はない。最後に皆の前で新入りとして紹介され、白坂は挨拶《あいさつ》した。源氏名は特に奇抜な名がつけられるでもなく、そのまま『一夜』となった。

「大卒だってよ」

誰かが冷やかすように言った。さっき犬森を殴りつけた赤い開襟シャツの男だ。酷く感じが悪い。ここでは大卒は冷やかしの対象になるらしい。

解散となった後、しばらくはフロアマネージャーの男に仕事の流れの説明を受けていたが、店長に呼ばれ裏に戻った。

事務所に入ると、黒石がいて驚いた。ミーティングには参加していなかった男は、なにやら書類のようなものを記入している。

気をとられそうになる白坂に、店長が言った。

「悪いが、なにか身分証になるものがあれば見せてくれないか」

不意打ちに心臓が跳ね上がる。早速素性を疑われているのかと焦る。

「え…」

「免許証でいいよ。持ってるだろ？　履歴書に原付免許が書いてあったが」

「あぁ…はい」

免許証を出すのは問題ない。他人の名で取得したものだが、模造品なんかではない。ただ、どうしていきなり身分証確認なのかが気になる。

財布から免許証を抜き出すと、男は顔写真を確認しながら説明した。

「悪いね。去年偽名でスタッフになって問題起こしたコがいてね」

「問題…？」

「はは、警察が手配中の男でねぇ」

笑って言えることだろうか。

指名手配犯。犯罪者まで紛れ込むとは、最悪の場所だ。

「ま、いろんなのがホストになりたがるけど、さすがに犯罪者は滅多《めった》にいないから安心して。いろいろと訳ありは多いけどね」

当たらずしも遠からず、訳ありとなれば自分も含まれるかもしれない。ふと視線を感じて顔を上げると、事務所の奥の机で、黒石がこちらを見ていた。

免許証を財布に戻す様子を、じっと見ている。探るように向けられた眼差《まなざ》しに、どきりとなる。

「…店長、書きました。これでよかったですか？」

男はふいっと視線を逸らした。歩み寄ってくると、書き終えたらしい書類を店長に差し出す。

「あぁ、これでいい。悪いね」

「いえ、構いません」

素っ気ない返事をし、そのまま出ていこうとする男に白坂は声をかけた。

「篤成…さん、でしたよね。今日から入った今井一夜です。よろしくお願いします」

宣戦布告。なんてつもりはないが、挨拶をしないのも不自然だろう。これから同じ職場で毎日のように顔を合わせるのだ。和《なご》やかな関係を繕っていた方がいい。

打算つきだったけれど、微笑んでみせた白坂に、黒石はにこりともしなかった。

「おまえ、ここで働くつもりなのか?」

「え…」

「なにか事情があるのか?」

「…どうしてですか?」

笑いもしない顔で不躾《ぶしつけ》に問われ、白坂は尖《とが》った声となる。間に挟まれた机で、店長だけが狼狽《ろうばい》した顔となっていく。

口を重くした男は、無愛想な態度は崩さず理由にもならないセリフを言った。

「……いや、大卒がわざわざこんなところで働く必要もないだろうと思ったまでだ」

開襟シャツの男と同じ言葉に、むかりとくる。大卒がそんなにいけないのか。リストフされ、三十社に断られたと声を大にして言えとでもいうのか。

開店してからも、黒石を目で追っては向かっ腹が収まらなかった。

「どうしたん、そないな顔で篤成さん睨んで。こわ、ナンバーワンにガンつけやなんてやめとき」

壁際に立っていると、犬森が目ざとく声をかけてきた。

「あの男、随分裏と表が違うんだな」

黒石は裏での表情と違い、一度フロアに入れば、客には絶え間なく優しげな笑みを浮かべている。

「気にせんでええ、篤成さんはいっつもあぁや。人は悪なさそうなんやけど、男に愛想ないんや。女にはものごっつ優しいんやけどな」

ようするに女好き、ということだろうか。

過去を振り返り、一人苦い笑いが込み上げそうになる。あのとき、自分に告白してきた男に白坂は尋ねた。『男が好きなのか』と問いかけた自分に、黒石は判らないと言った。

判らないが、女は苦手だと応えた。

嘘《うそ》つきな男だ。今も嘘つきなのか。

あの頃、転校してからきた黒石の手紙や電話での連絡を、白坂は無視し続けた。

詰ってやればよかった。怒鳴りつけてやりたかった。でも、あの頃はショックのほうが勝りすぎてなにもできなかった。ただ黒石の嘘から始まったクラスメートのからかいに、堪えるだけだった毎日。

『復讐《ふくしゅう》』なんて言葉を思い浮かべれば、あまりの子供じみた思考に目眩《めまい》がする。けれど、白坂は借りを返すためにここにいた。

黙らせたい。黒石を、貶《おとし》めたい。

黒石をこの店のナンバーワンから引き落とせば、それを達成できるに違いない。

大きすぎる目標を白坂は掲げていた。

自分の顔は、幼少の頃亡くなった母に似ていたらしい。

昔写真を見た記憶はあるが、よく顔は覚えていない。小学校低学年のときに父が再婚し、後妻となった女性はまだ若かった。母親ではなく『女』であって、嫉妬《しっと》深かった。

母の写真が目につくのを嫌がり、彼女はどこか奥深い場所へとしまった。今考えると、処分してしまったのかもしれない。

彼女は亡くなった母の顔も、白坂の顔も忌み嫌った。陰気で気味が悪いと言って嫌った。母もあまり美しい人ではなかったのだろう。もし…もしも自分が、愛らしい顔立ちの子供だったなら、彼女の気持ちも変わっていたかもしれない。

顔さえ違えば。顔さえ挿《す》げ替えることができれば、すべて上手《うま》くいく。

コンプレックスとは恐ろしくも便利なもので、すべての不具合の責任を一手に背負ってくれる。継母に嫌われたのも、仕事が上手くいかないのも、天気予報が外れるのも、なにもかもコンプレックスのせい。

現実はそう単純ではない。

判っているのに、時折見失う。そして、失敗する。

白坂が入店して十日が過ぎた。

「立て」

頭上から降り注いでくる声に、白坂は一声唸《うな》り返すのが精一杯だった。

「立て」

再び降ってきた鋭い声にも、上手く反応ができない。体は泥のように重く、目蓋にかかったロックは頑丈で目が開けられない。思考すべき脳味噌《のうみそ》は、溶け出してその辺に流れ出てんじゃないかと錯覚できるほど、状況を把握する力はなかった。

自分は、どこで、なにを。

どれ一つ判らない。

「立つんだ、一夜」

右腕を捻《ひね》り上げられた。無理矢理体を捻り起こされて、自分が突っ伏していたのにようやく気がつく。

抱いて眠っていたのは、ワインラックだ。店の裏に酒を取りにきて、選んでいるうちに気が遠退《とおの》いてしまったのだ。

「来い」

「うぅ…あ？」

「こっちだ、早くしろ」

自分を引き摺《ず》るようにして歩く長身の男の影が、霞《かす》む視界の中でゆらゆらと泳ぐ。酔い潰れた体は自由が利かず、足は数歩歩く合間にも何度も縺《もつ》れて転びそうになった。男が支えてなければ、顔面から床に倒れこんでいただろう。

——ホストなんて、すぐ腕力でものを言わせようとする体力馬鹿な奴らばかり。

それがある意味当たっていたのを、白坂は連日体感していた。体力がなければ、こんな仕事は数日と続けられない。特に内臓系…肝臓《かんぞう》が強靭《きょうじん》でなければ。

毎晩浴びるように酒を飲む。笑顔で飲みまくる。閉店時間を過ぎた明朝には、屍《しかばね》となったホストが店内に何人も転がった。中にはそのまま帰宅しそびれ、翌日の仕事をむかえる者もいる。

まだ見習い同然。ヘルプとして席に呼ばれる白坂は、酒飲み要員な上、要領も判らず酒量は人一倍だった。

気合いだけで乗りきってきたが、限界はとうに超えていた。

「水だ、飲め。ほら、さっさと起きろ、仕事中だ」

引き摺っていかれたのは厨房《ちゅうぼう》だった。

口元に押しつけられたグラスの感触。足は崩れ、シンクに背中を預けてずるずる座り込みそうになる。引き起こされ、強引に喉に流し込まれた水に、白坂は激しく噎《む》せ返った。

咄嗟に撥《は》ね除《の》けたグラスの水が、零《こぼ》れて頭から降り注ぐ。冷えた水の感触に、ようやく視界の霧は晴れてきた。

「…くろ、いし」

黒石だった。

客が見たら驚くような仏頂面で、男は冷ややかに自分を見下ろしていた。

「酒が飲めないのなら、ホストなんて辞めろ」

「…すみません」

悔しいが返す言葉がない。なんでよりによって黒石に…と思いはするが、恨み言を覚えたところで、自分が仕事中に潰れてしまった事実に変わりはない。

今何時だ？　何時間眠ってたんだ？

腕時計を見ようとする仕草に、男が答えを返してくる。

「三時半だ。もう帰れ。店長には伝えておく。そんなんじゃいても仕事にならんだろう？」

愛想はすべて女客に吸い取られているとでもいうのだろうか。いっそ清々《すがすが》しいほどに、今夜もしかめっ面だ。

なにか恨みでもあるのか。恨んでいるのはこっちだというのに、黒石の態度に勘違いしそうになる。

眠ってたのは二十分足らずのようだが、黒石の口ぶりではまるでさっさと帰れと言わんばかりだ。

「お払い箱ってわけ…ですか？」

「いや、別にそういうつもりでは…」

「では、どういうつもりだと？　テーブルに戻ります。もう大丈夫ですから。ご迷惑おかけしてすみませんでした」

頭を下げ、厨房を出る。

「かず…おい、一夜！」

呼び止める声は聞こえたが、振り返らなかった。

——悔しい。悔しい。アイツをナンバーワンから引き摺り下ろしてやるなんて鼻息荒く入店していながら、なんだこの様《ざま》は。客を奪うどころか、仕事中に居眠り。さぞや間抜け顔で寝込んでいたに違いない。

くそ。シャンとしろ。

歩きながら握りしめた拳《こぶし》に力を込める。手のひらに爪を食い込ませる。いつもやっていることだ。アルコールが睡魔を引き寄せる度に繰り返し、白坂の手のひらには血豆のような跡が痣《あざ》となってでき上がっていた。

指名は取れない。

ただの一人も、取れない。

ただただ無駄にアルコール漬けの毎日。食欲は減退し、睡眠時間は減少。明け方の閉店時間まで勤め上げ、朝日が昇りきった時刻に部屋に戻り、ときにはスーツを脱ぐのも忘れて眠る。

開店時刻が早く、営業時間の長いこの店では出勤は早出と遅出に分かれている。どちらにしろ出勤は夜も更けてからなのだが、大抵昼過ぎには電話がかかってきた。先輩ホストの捌《さば》ききれない客の相手だったり、どこぞへのお使いだったり…ようは雑用係だ。

この十日間で体重は四キロ落ちた。鏡を見れば、客を釣るはずだった顔は青白く、目の下にはクマが深く彫り込まれている。

「一夜ぁ、おまえなにやってんだ？　おせぇよ、どこまで取りに行ってんだよ。酒屋か？　家の冷蔵庫か？　あぁ？」

頼まれていたワインボトルを手にテーブルに戻ると、店の幹部補佐でもある片桐《かたぎり》京吾《きょうご》が睨みを利かせてきた。今夜は赤い開襟シャツではないが、犬森を殴ったあの男だ。

短気な男は、客の前にもかかわらず、苛々《いらいら》と足を揺すり出す。

「すみません」

白坂は客に向かっても深々と頭を下げた。

客は指名の片桐さえいればあとはどうでもいいようで、男にしなだれかかったまま、ちらとこちらを見るだけだ。いかにもその手の店で働いてますといった風な、露出度の高い服の派手な女は、届いたワインで乾杯を済ませると、再び片桐と話し始める。

「一夜さん、どっかで寝てんやないか思うてヒヤヒヤしとったわ」

白坂のいない間にヘルプに入っていた犬森は、隣に座るとそっと耳打ちしてきた。

「あ…実はワイン置き場で…気がついたら二十分経ってたんだ。起こされて…」

目線で向かいのボックスを指す。黒石の姿に、犬森は羨《うらや》ましげな顔になる。

「なんや、命拾いやな」

「え？」

「篤成さん以外の人に見つかってもうたら、確実にボコられてんで？　俺、初日に潰れて、いきなり殴られまくってん」

殴られる、と聞いてひやりとなる。

誰だって殴られるのは嫌だ。けれど、白坂はそれ以上に不安だった。ハリボテの整形顔は衝撃に耐えられるだろうか。ふと見た犬森の口元には、十日前に殴られてできた傷がうっすらと残っている。この店には、ホストの資本の一つであるはずの顔でも平気で殴るような奴がいる。

「ホンマよかったなぁ、篤成さんに助けてもろうて」

「助けた？」

「そうや、京…さんやったらやばかったんやて。新人イジメ、趣味らしいねんから」

チラチラと犬森は片桐京吾に目線を向ける。

新人苛《いじ》め。嫌な言葉だ。薄々感じとってはいたが、昼間も片桐から理不尽な雑用を押しつけられるのが多いのはそのせいらしい。今日など、まだ寝ついたばかりの午前中に電話がかかってきた。

「そこ、なに内緒話してんだ？」

趣味の悪い金ピカ時計をスーツの袖から覗かせながら、片桐が指を指す。目の先十センチほどの距離。突きつけられた白坂は、瞬き一つしなかった。

引き攣《つ》りそうになる頬を宥《なだ》め、笑顔で繕う。

「いえ、なんでもありません」

「しけた面見せんじゃねぇよ。ほら、戻ってきたんなら飲め。ラッパでイッキだ、イッキ！」

ＪＩＮＲＯのボトルを握らされた。開けたばかりの瓶はずしりと重かった。店ではハウスボトルにもなっている安酒だが、焼酎《しょうちゅう》であってビールのように軽くない。

「どうぞ、一夜くん」

片桐の薄い唇がニヤと歪む。胃から迫《せ》り上がるものを感じた。

こんなときに…いや、こんな場面だからか。

「では、いただきます」

白坂は微笑んだ。客の前でいい顔をしたかったからじゃない。単純に苦しい顔で片桐を喜ばせたくなかったからだ。

無駄に負けず嫌い。不必要に意固地。

そういえば、昔もこれで損をした。

『ホモ死ね』

中学のとき、黒石との一件を否定しなかったせいで、いつまでも揶揄られ、とうとう机に彫刻刀で彫られた言葉だ。

そういえば、片桐は面影があのクラスメートと被《かぶ》るかもしれない。顔つきも、この底意地の悪さも。

クソ。やけっぱちで水色のボトルを呷《あお》る。

韓国焼酎特有の甘みを舌に感じた瞬間だった。

肩を叩かれ、振り仰ぐ。

「一夜、場内指名だよ」

ボーイの男に耳打ちされ驚いた。場内指名とは店でまだ本指名を決めていない客が、気に入ったホストを席に呼ぶことだ。もちろんヘルプなんかではない。

「あちらのお客さま」

二重に驚く。示されたのは黒石の席だ。

「好みのタイプだし、お話ししてみたいなぁと思って」

呼んでくれたのは、黒石の客の連れの女性だった。この店は初めてらしい。

「初めまして、一夜と申します。ご指名いただきありがとうございます」

「堅苦しい挨拶は抜きでいいわよ、あら、どうしたの？　頭濡《ぬ》れてるじゃない、雨でも降ってた？」

席につくと、濡れた白坂の髪を不思議そうに彼女は見る。厨房で被ったグラスの水だ。

二人の女性客の向こうで、黒石が口を開いた。

「俺が頭にひっかけたんです」

「篤成くんが？　新人イジメ？　あらあら、そういうキャラじゃないと思ってたけど、裏の顔があるの？」

黒石の指名客はまるで信じてない様子で笑う。一般人と違い銀座辺りの夜の匂《にお》いはするが、品のいい年上の女性たちだった。

同じ店内とは思えない。さっきまでいた片桐のボックス席はすぐ向かいだというのに、ここでは静かに酒を楽しむ空気が流れている。

片桐が忌々しげに睨みを利かせている気がして、向かいは見れなかった。JINROの一気飲みからすんでで逃げ遂《おお》せたのだ。

助かった。

まさか――黒石が気を回して助けてくれたのだろうか。

男の顔を見てみるが、判らない。黒石はこちらを見ようともしない。

指名をくれたのは客だ。そんなはずがない。さっき犬森に変なことを言われたから、引っかかっているだけだ。

「まだ、かなり濡れてるわよ。額も。拭《ふ》いてあげる」

湿った前髪を細い指に掻き分けられる。額を拭う女性のハンカチからは、甘い香水の匂いがした。

「寒いし寄っていきませんか？」

夜の歓楽街には多くの客引きが出ており、白坂もその一人だった。

木枯らしも容赦なく吹きつける冬の夜。コートの襟を立て、もしくはマフラーで鼻まで覆い…または毛皮を纏ったりした女性たちは、皆足早に通り過ぎていく。求める暖かい場所は、家や職場や行きつけの店であって、ホストクラブなどではない。

客引きなんて、無視をするもので、やってみるものではないなと思う。

通行人の女性の八割は無視、一割に汚物でも見るような蔑んだ目で睨まれ、残り一割に『近づかないで』と罵声を浴びせられる。

円グラフなら『その他』で纏《まと》め上げられるような微々たる数しか、話を聞いてくれる人はいない。

「一夜さんのキャッチ、硬すぎや。つか、寒いしもう帰らへん？」

「あ…先に戻ってくれてていいよ。俺、もうちょっと頑張ってみたいから」

「へぇ、なんややる気でたん？　ほな、俺はお先に」

寒空に堪えかね、犬森はそそくさと店に戻っていく。通りには白坂だけが残された。

入店から二週間が過ぎた。

考えた。どうやったら指名を取れるのか。

白坂のいる店は店名で客が集まるほどの大きな店ではなく、規模は中箱《ちゅうばこ》だ。ビルの上階にあり、飛び込み客はほとんど望めない。通路に写真を用意していないのも、無駄だからだ。

新規の客は紹介や口コミが多く、必然的に指名は元の客の顔繋がりのホストになりやすい。

まっさらの客を摑《つか》むには、通りに出て客を引くキャッチが一番だ。

しかし、現実は厳しい。日に三十万ともいわれる人間が訪れる日本一の歓楽街。この界隈《かいわい》だけでホストクラブは百店を優に超え、客引きでも鎬《しのぎ》を削っている。

店に呼び込んだ客に再び来店してもらうのは、さらに難しい。

顔だけでホストはやっていけないと、白坂はもうはっきりと理解していた。売上上位のホストは、決して見目のいい男ばかりではない。客を繋ぎとめるためには、別の魅力も必要だ。中にはどの客とも寝まくり、出張ホストまがいのことをやって客を得ている者もいるらしく、枕《まくら》ホストと呼ばれ嘲《あざけ》られる。

皆、客を得るにはそれなりの理由がある。

唯一、判然としないのは黒石だ。長身でスーツのよく似合う体躯、彫りの深い男らしい顔立ち。彫像にでもなれそうなほど、格好のいい男なのは認めるが、外見だけで客が取れる世界でないのは、自分が一番身に染みて判っている。女相手ならそれなりに喋《しゃべ》る黒石だが、秀でるほどの話術でないのは、同じテーブルにつけば判った。

黒石の魅力はなんなのか。なにが客を惹《ひ》きつけ、放さないでいるのか。

「じゃあ、今度時間があるときには寄ってくださいね」

忙しいと突っぱねられた通行人に手を振りながら、白坂は小さな溜《た》め息をつく。白い息がぽっと空中に浮かんで消えた。

『忙しい』なんて、断りの常套《じょうとう》文句だ。退屈で死にそうに暇になったところで、来やしないくせに――

やさぐれた気分の白坂は、店に戻りかけて足を止めた。

路地の片隅に、なにか光るものが落ちている。

女性のネックレスだ。電柱の傍に追いやられるようにして落ちていたそれを拾い上げ、白坂は首を捻る。

クローバー型のトップに、小さなダイヤが一つ。白坂はそれに見覚えがあった。キャッチで声をかけては素通りしていく女性がいつもつけているものだ。この辺りの店に勤めているのか、決まって深夜十二時頃に通りかかる。

あと二十分もすれば十二時だ。

白坂はキャッチを続けながら、ネックレスの持ち主を気にかけていた。最悪なことに十二時を回ったところで霙《みぞれ》交じりの雨が降り出した。帰ろうかと迷い始めたときだった。傘を差したその女が通りの向こうからやってくるのが見えた。

「どうして私のだって判ったの!?」

彼女は驚いていた。ネックレスは彼からのプレゼントで、捜し回っていたのだと、拝み出しそうな勢いで喜んだ。どうして自分のものと判ったのかと不思議がる。

「えっと、覚えてたから…」

「覚えてた？　ここはいつも通ってるけど…でも通りすがりの人の顔なんて、フツー覚えてなくない？」

「そうかな。声をかけた人ならわりと覚えてるよ」

「ふうん、勤勉なホストなのね。お礼に店に行ってあげたいけど、私ホストクラブって行ったことないのよ。一人じゃちょっと怖いっていうか…友達に行ってるコがいるから、そのコと今度一緒に行くね」

「ありがとう。楽しみにしてる」

にっこり笑ってみせる。本気で言ったわけじゃない。彼女の言葉も、本気にしたわけじゃない。

あとで、今度、いつか。これらの言葉に次がないのは、ある意味この街のルールだ。そしてそれを黙認するのもまた、ルール。

彼女の後ろ姿が雑踏に紛れていくのを見送ってから、白坂は踵《きびす》を返した。

傘を左手に、小走りで店のビルを目指す。人通りの最も多い通りまで出ていた白坂は、細い裏路地を突き切ろうとして、そこに立つ男女に気づいた。

女はなにか喚《わめ》いていた。声は周りのビルに反響しすぎてよく聞き取れない。

困ったと思った。酷く通りづらい。しかし遠回りするのも面倒で、関係ないのだから脇を行き過ぎればいいと足を向けた。

すぐ傍まで近づくと、コートを着た背の高い男が黒石だと判った。今更後戻りできない。

素知らぬ振りを決め込み、さらに近づいた瞬間、小気味いい音が路地に鳴り響いた。

女が平手で頬を打った音だった。

黒石は怒りも宥めもしなかった。動揺も反省もない。ただ無感情ともとれる表情で、女を見下ろしていた。

「なんで俺が殴られなきゃならない？」

酷く冷ややかな声だった。

「金もないのにホストにしがみついてるほうがどうかしてるだろ。迷惑だ。遊ぶ金がないなら来ないでくれ」

「…篤成、酷い。アンタなんか嫌い、アンタなんかっ…」

嫌いと言いながらも、女が気持ちを残しているのが判る。震える女は、罵《ののし》りながらも泣き出しそうに顔を歪めていた。差していた傘をぐっと握りしめたかと思うと、黒石に向けて投げつけた。

濡れた傘が雨を散らせる。反動で、黒石が差した傘からも、雫《しずく》が輪を描いて飛び散る。女の赤いコートが翻った。走り去っていく女を黒石は追おうともせず、呼び止めることすらしなかった。

「おい、おまえ…っ、黒石さん！　なんで追わないんだよ、ちょっと…」

冷たい雨に打たれながら走っていく女を、ただ真っ直ぐに視線だけで男は見送る。

白坂は路上に転がった傘を拾い上げた。慌《あわ》てて後に続こうとした。

「追うな」

「…な、なんで？　だって、傘。あのコ、濡れて…」

「追わなくていい」

「冷た…すぎるんじゃないの？　アンタの客でしょ。あんな酷い言い方…」

「もう客じゃない」

信じられない。まるで血も涙もない言葉を淡々と言う男に、呆然となる。ここまで酷い男だとは思っていなかった。ホストになったからか、それとも昔から本心はこうまで冷酷な奴だったのか。

無視して追いかけようとした白坂の腕を、黒石は引っ摑んだ。

「追うなと言ってる。人のことに口を出すな。それともなんだ？　自分の客にでもしたいのか？」

さらに、信じがたい皮肉を吐いた。

ホストとは、どこまで最低なのか。追う気も無理矢理削《そ》ぎ取られ、白坂は男を仰いだ。

雨に打たれる間に湿った髪が不快だ。目の前の男が、酷く不愉快だ。

数日前、一瞬でも助けてくれたのかもしれないなんて考えた自分に呆《あき》れる。

必ず、この男を貶めてやると雨の中誓い直した。

あのネックレスの女性が店を訪ねてきてくれたのは、一週間後だった。

ヘルプの声すらかからず、お茶挽《ちゃひ》きでも始めそうな暇をフロアで持て余していると、彼女が友人と店に訪れた。『たまにしか来れないけど』と言いながらも、彼女は『一夜』に指名をくれた。嘘のような幸運だった。

記憶力はいい方だ。せめて頭だけは人に負けまいと、子供の頃から鍛えてきた。会社に入ってからも、数字や客の名前、取引の詳細などの記憶だけは得意だった。それでも客に信頼されなかったのは、唯一覚えられないのが人の顔だったからだ。俯いてばかりで怯《おび》えてたんじゃ、人は覚えられない。

けれど、今はできる。真っ直ぐに人を見つめ、きちんと顔や特徴も覚えることができる。白坂は意識して今まで以上に人の姿を覚えるようになった。

一度見た女性は忘れない。記号のように認識し、海馬《かいば》を働かせる。キャッチの際、道行く女性を白坂はひたすら記憶し続けた。

話に乗ってくれそうな女性には、覚えていることを打ち明ける。無反応の女性もいるけれど、多くは満更でもなさそうだった。特に外見の変化、髪や服の違いに触れると喜んでくれた。

白坂は変わった。誰よりもキャッチで客を呼ぶようになった。

そして、指名してくれた客のためなら、なんでもする。

部屋で水漏れがすると言われれば飛んでいき、元カレが押しかけてきたと泣きつかれれば話し合いの場にも立ち会った。友人の振り、恋人の振り…頼まれれば、上京してきた両親の前で婚約者の振りさえした。田舎《いなか》に連れ戻されたくないからとのことだった。

『ゴキブリが出た』とかかってきた電話に、文句一つ言わずに駆けつけたときには、片桐に『雑用係になり下がってまで指名は取りたくないな』と鼻で笑われたが気にしなかった。

片桐の嫌味など、中学のときに黒石のせいで受けた侮辱に比べれば可愛いもの。

それより指名だ。この程度で悠長に構えてなんかいられない。

増え始めた指名客に満足することなく、貪欲《どんよく》に客を求め続ける。

白坂は『出る杭《くい》』ってやつになったのかもしれない。もう新人と呼ぶには日も経ち、新たなホスト志望者たちが入店してきても、何故か片桐の風当たりは白坂に向き続けた。

「…というのが有名なゴキブリ事件。そんな感じで、コイツ節操ないんすよ」

その客は口コミでやってきた新規客だった。

席についたばかりの客はフリーで、当然担当はいない。片桐と一緒についたのは白坂だ。

「綺麗《きれい》な顔してるけど、一夜には用心してくださいよ。ボトル入れてもらうためならなんでもする奴なんで」

口は笑っているが、目が笑っていない。冗談とは、本音が潜みがちなもの。当てつけなのは明らかだ。

なにかと人を貶めて自分をアピールする片桐のトークに、白坂はうんざりしていた。

「下の節操がない人よりはいいと思いますけど？」

しれっとした顔で口にした。

片桐が枕ホストに限りなく近いのは、店の誰もが知っている。ただ幹部補佐な上、切れやすい男だから、ヘタに刺激するような話は慎んでいるだけだ。

客は冗談と思って笑ったが、男は笑わなかった。片桐の薄い唇からは胡散臭い笑みが消え、ぽかんと口は開いたままになる。今まで起こり得なかった白坂の反撃に、男は一瞬頭が回らなくなったようだった。

三白眼《さんぱくがん》の目が、眼光で襲いかかってくる。

「…なんだと？」

低く片桐は唸った。

「聞こえませんでした？　『下の節操がない人よりはいいと思いますけど』」

「はぁ？　俺のこと言ってんのか、オマエ」

「いいえ。京吾さん、思い当たることでもあるんですか？」

真っ直ぐにそれが伸びてきた。男は立ち上がり、突き出した右手で白坂の胸倉を摑み上げた。

「…上等だ。今すぐ裏に来い」

「行きません。接客中です」

「ちょ、ちょっとやめてっ…」

驚いたのは客だ。殺気立った男とそれを煽《あお》ってしまった男に挟まれ、落ち着きを失い始める。騒ぎの輪は、瞬く間に周囲のボックス席に広がった。

「立ちやがれっ！」

捻り上げられ、体が浮く。白坂は噎せ返った。シャツの襟とタイで首が絞まり、息ができない。男が撓《しな》る鞭《むち》のように腕を振り上げ、拳を下ろそうとするのが見えた。

歯を食いしばる。目蓋を固く閉じる。

恐れた衝撃はやってこない。焦って取り囲んだ数人の男たちが、片桐を口々に宥め始めた。

「京吾さん！　落ち着いてください！　やめてください、こんなところでっ！」

こんなところ。ここは客たちをもてなす場所であり、乱闘騒ぎを起こす場所ではない。

フンと片桐は鼻を鳴らした。気まずさと鬱憤《うっぷん》を晴らすように、テーブルのグラスを引っ掴むと、白坂に向かって閃《ひらめ》かせた。

びしゃり。酒の匂いが辺りに広がる。

「篤成、放せ」

甘い香りを顔に滴らせながら、白坂は見上げた。振り上げられた男の拳を無言で押し留めているのは、黒髪の男だ。

黒石の手を振り払うと、片桐は店を飛び出していった。二人ばかり、後を追っていく。歓談の声を失っていた店内は、あっという間に終息した揉《も》め事に、もとの賑やかさを取り戻していく。

濡れた前髪を指で分けながら、白坂は言った。

「驚かせて、すみません」

「えっと、私はいいんだけど…あなた大丈夫？」

ワインを浴びせられた白坂を、客は困惑した顔で見つめている。

「なんか…ホストも大変ねぇ。元気出しなさいよ、なにか一本入れてあげるから」

白坂は苦笑した。微笑んだ。

「いいえ、ご迷惑をかけたので僕に奢《おご》らせてください」

「え…いいの？」

「カフェパリ入れましょう。いいですか？」

「うわ、気前いいのね。ボトル入れてもらうためならなんでもするんじゃなかったの？」

「誰の話ですか、それ。すみません、ちょっと着替えてきます。ここも片づけないと…」

客とは反対側だが、座席が濡れている。ボーイの男に席の移動を頼み、立ち上がった。

「おい」

控え室に向かう通路に入ったところで肩を摑まれる。自分のボックスに戻ったはずの男が背後に立っていた。

「おまえ、どういうつもりだ。片桐さんを挑発するような真似して…あの人が切れやすいのはおまえも判ってるだろう？」

真面目に問いかけてくる男に、白坂は笑んだ。客にそうしたように、黒石にも笑いかけてみせた。

「今の客、指名取れると思いますか？」

「え…」

「だから、指名。俺はボトルぐらいのためになんでもなんてしません」

薄い肩を竦《すく》める。黒石の表情が強張った気がして、少し本気で可笑《おか》しかった。

「おまえ…わざと、片桐さんにこんなことをさせたのか？」

「まさか客の前で殴ろうとするとは思いませんでしたけど。着替えてきます。客が待ってますんで、放してください」

がっちりと肩を摑んだ手から、身を捩《よじ》って逃れる。男は珍しく食い下がってきた。

「無茶《むちゃ》なやり方はやめろ」

手の感触が肩に残って離れない。体にこびりついた感覚、黒石の手のひらの体温を振り落とすように、白坂はくすくすと笑いながら言った。

「無茶？　人のことには口を出さないでください。それとも、自分の客まで取られそうで気になりますか？」

皮肉だった。以前雨の中で言われた言葉をなぞり、白坂は皮肉った。

入店して四ヵ月目、店内に飾られた白坂の写真は、黒石の隣に並ぶところまできていた。

◇　◇　◇

「おめでとう、一夜！」

今夜何度目か判らない言葉を、白坂はアユミの口から聞いた。

「一夜を店に紹介したあたしも鼻が高いってもんよ。ね、リエ」

「そうね、あんたに連れられてきたおかげで、一夜くんにたっぷり貢がせてもらってます」

リエはアユミが紹介してくれたいわゆる枝《えだ》の客だ。家が裕福らしくバイトもしたことがないという彼女は、今も月に何度か訪れて売上に貢献してくれている。

「感謝してます。いつもありがとう、さぁ飲んで飲んで」

「って、それ私が入れたピンドンじゃないの」

唇を尖らせてみせる彼女のグラスにシャンパンを注ぎ、白坂は次の席へと挨拶に移動した。

隣も、その隣も、そのまた隣も向かいのボックス席も、店内のほとんどは白坂の担当客だ。

七月中旬、今日は白坂の二十六歳の誕生日だった。

開かれたのはバースデーイベント。ただのホストにイベントなど開かれやしない。ましてや、ボックスが埋まるほど客が集まったりはしない。

先月、白坂は店で一番の売上を上げた。ナンバーワンとなった。

入店して半年足らず、異例の早さだ。二十六本のロウソクが並ぶ特大のホールケーキ、店先に所狭しと並ぶ祝いの花、煌《きら》めくシャンパンタワーも、白坂がなりふり構わず上り詰めてきた証拠だった。

金のために頂点を目指す者もいれば、名誉欲のために目指す者もいる。白坂はそのどちらでもなかった。

ザマアミロ。

何度も頭の中で呟《つぶや》いてみた。

ナンバーワンの座から引き摺り下ろされた男はといえば、斜め前のボックスで客と話をしている。白坂の担当客だが、一人ですべての客の相手ができるはずもなく、イベント時には持ちつ持たれつ、皆で接客をし場を盛り上げる。

黒石は笑っていた。歯並びのよい大きな口が笑顔を形づくる。売上を落として落ち込むどころか、機嫌のよささえ窺える。

悔しくないのか。肩書きなど、最初から惜しくもなかったのか。昔自分が騙《だま》して裏切った男に復讐されているなんて、露とも思わないから——黒石は笑顔でいられるのか。

元ナンバーワンに成り下がったとはいえ、男前に接客され客も嬉しそうだ。

「一夜、これお誕生日プレゼント」

「あぁ、ありがとうございます」

二回りほども年上の客からプレゼントを受け取りながら、白坂は愛想笑う。高価そうだが趣味の悪いネックレス。そもそもアクセサリーをつける習慣すらなかった白坂は、成金趣味のごついアクセサリーなど興味がない。

身につけなければこの客をがっかりさせるだろう。そう考えるだけでストレスを覚える。喜んでなどいない自分は酷く冷たい人間に成り果てたようで、気が沈む。

白坂は客の煙草《たばこ》に火を点《つ》けると同時に、自分も一本口に挟んだ。客に合わせて吸うようになった煙草は、今ではほとんど習慣の域。ニコチン中毒者の仲間入りまであと一歩だ。

「一夜、おまえホント大したもんだなぁ、おい。半年でイベント開いてもらうまでになるなんてな」

白坂の隣のヘルプ席に腰を下ろしながら、ホストの新島《にいじま》が言った。

「篤成のおかげだな。聞いたぞ、最初の指名は篤成の客だったんだって？」

男は耳打ちする。短く刈り込んだ髪の男は、人好きのする笑みを浮かべているが、嫌な予感がした。

「ええ、まぁ。場内指名してくれましたけど」

「アイツに頼まれたそうじゃないか。おまえを席に呼んでやってくれって」

少ししゃくれた顎で、男は黒石のほうを示した。

「え…？」

「ありゃ、知らなかった？　こないだ俺がヘルプで手伝いに入ったとき、篤成の客が言ってたぜ。『新人くんのことまで気にかけて、やっぱり篤成くんって優しいわぁ』だとよ」

あのとき…片桐に飲まされ続け、勤務中に潰れた夜だった。黒石の客は、確かにタイミングがよかった。場内指名をくれたおかげで、自分は無茶な一気飲みから救われた。

黒石が助けるはずはない。あれは勘違いだったはず。

黒石が、優しいわけがない。客を冷たい雨の中放り出した男だ。『金がないなら来るな』なんて、眉一つ動かさずに言ってのけるような冷たい男だ。

俺を、騙した男だ。

「おまえが知らないだけで、ほかの指名客もアイツの客の枝だったりしてな。ほら、アイツなんか知らねぇけど、これ以上指名増やしたくないらしいから。それに元から篤成はおまえみたいにガツガツしてないからな」

店内にはいくつかの派閥めいたものがある。

新島は、片桐の派閥に属していた。『嫌味の一つでも言ってやれ』とでもあの男に指示されているのか。今夜は苦手な片桐は顔を見せず、ホッとしていたのに胸糞《むなくそ》悪い。

黒石も、黒石だ。指名を増やしたくないってなんだ。

黒石のお膳《ぜん》立てで得た客に、黒石が自ら売上を落として得たナンバーワン。おまけにいくら売上の上で自分が一番になれても、人格的に勝っているのはあの男だとでもいいたいのか。

そりゃそうだ、自分は復讐のために入店するような、しつこくて陰湿な男だ。

白坂は自虐的に思った。深く息を吸い込む。肺まで落とした煙を吐き出そうとして、激しく噎せ返った。

「一夜、大丈夫？」

途端に客が気がつき、首を振る。

「だ、大丈夫です」

「今日はお誕生日だし、ドンペリ入れようと思うんだけど、ゴールドでどう？」

客は数十万のボトルを惜しげもなく注文してくれた。

店内のあちらこちらから、次々とオーダーの入るボトル。それは白坂のためであって、白坂のためではない。同じホストを指名する客同士の見栄《みえ》の張り合いのようなもの。誕生日のイベントなどといっても、客が主役の場には違いない。

白坂は酒を飲んだ。席から席へ渡り歩き、酒を飲み続けた。

羽目を外すというより、自棄だったのかもしれない。いくら飲んでも、酒は美味《おい》しくなかった。元々店で酒を美味しく感じたことなど、一度もない。

そういえば、このバカ高い値のついた酒をちゃんと味わったことってないなぁ。

鳴り止《や》まないドンペリコールの中で、グラスを翳《かざ》し見た白坂はぼんやりと思った。

グラスの向こうに華やかな店内が歪んで見えた。

夏の太陽は、すべてを照らしたがる。

だらりと伏せた体に伸びてくる白い日差しを、白坂は感じていた。間断なく鳴き続ける蝉の声は、真夏の太陽が地上を焼く音のようで煩《うるさ》かった。

頬で畳を感じる。目蓋を落とした白坂に、それは実家の仏間を思わせる。

先代から住み続けていた、広いが古い平屋の家。仏間の畳はひやりとしていて涼を感じるのによかったが、うっかり昼寝をしてしまうと、傾いた午後の日差しが寝そべる体に容赦なく照りつけ始めた。

小学生の夏休み、白坂はよく仏間で一人過ごした。

「…かずは、一葉」

母が揺り起こしてくれたことがある。

それは、自分に関心のなかった継母の、数少ない優しい思い出だ。

「一葉、カルピスを作ってあげたわよ」

その夏の日、母は特別に優しかった。白いカルピスの中を、氷がからからと揺れる音が聞こえた。目を開けると、水滴の浮いたグラスを握った母が微笑んで立っていた。

父が会社で役員への昇進が決まった日だった。

あんなに優しい声で呼ばれたことは、後にも先にもない。

「…一葉」

顔の輪郭を、蟀谷《こめかみ》から頰へと撫《な》でる指先を感じる。

それは、記憶の母の指ほどには細くないように思える。

思い出と夢と、そして現実の間を漂い眠っていた白坂は、ゆっくりと目蓋を開いた。

重い目蓋を開くと、真横に傾《かし》いだ視界に緑の濃い庭と縁側、鼻先まで伸びてきている白い日差しが映る。

畳の上に、白坂は横になっていた。

「日焼けするぞ」

首を捻り見上げれば、自分を覗き込んでいる男の姿があった。

「黒…石」

「起きるか？　あんまり起きないから、布団を用意しようと思ったところなんだが」

「ここは…うっ」

がばと身を起こせば、頭に鈍痛が走る。昨夜、イベントで飲みすぎたのを思い出す。

体にかけてあったタオルケットの端を握り、周囲を見回した。

古びた民家だった。植樹から雑草まで生い茂った庭に、黒く撓《たわ》んだ板張りの縁側。白坂がいるのはちゃぶ台の置かれた居間らしき部屋で、古ぼけた畳も漆喰《しっくい》の壁もまるで昭和初期の具合だ。

「俺の家だ」

黒石はむすりとした声で言った。

「おまえの家…ここが？」

咄嗟に敬語を忘れてしまい、あっとなる。

「あ…しまっ…黒石さんの家で…」

「敬語、使わなくていい。名前も呼び捨てで構わない。同い年だろ？　それに店のナンバーワンも今はおまえだ」

男は苦笑いした。なんとはなしに気まずさを覚え、白坂は目を伏せる。二日酔いで鈍く痛んでいる頭を抱えながら、疑問を質問に変える。

「えっと…それで、なんで俺はあんたの家に…」

「どこまで覚えてる？　客がほとんど捌《は》けた五時頃だったかな、急におまえ潰れたんだ。客の膝枕《ひざまくら》でな」

「って、だ、誰の？」

「タカコさんって人だったな。後でフォローするといい。それで六時には客は全員送り出したんだが、店に戻ったらおまえはまだくたばってるし、ほかは皆帰ってるしでうちに連れてきた。今日は店休みだから寝かしておくわけにもいかないしな…おまえ、店の鍵預かってないだろ？」

「あぁ、それで…迷惑かけて悪かった。助かったよ」

よりにもよって、黒石に借りをつくってしまった。前に酔い潰れたときも、黒石に起こされたというのに。

悔いても遅い。酒は人を駄目にする。

失態が可笑しかったのか、黒石がふっと笑い、むかりとくる。

白坂はにこりともせずに言った。

「俺の顔になにか？」

「畳の跡が」

「え…」

反射的に手をやった頬は、ぼこぼこと波打っている。真顔に畳の跡。さぞかし滑稽《こっけい》なことだろう。

「悪かったな、枕ぐらい用意してやるんだったよ。起きたのなら、飯にするか？」

ボーンと鳴り始めた音にびくりとなる。背後でタイミングよく鳴ったのは、振り子の掛け時計だ。正午を指している。

「いや、いい。二日酔いで胃がどうも気持ち悪いんだ」

「じゃあ、俺だけ食べさせてもらうよ。食えそうだったら、遠慮はするな」

「あの、俺帰る…」

「この辺、電車はないしバス停は遠いぞ。車で送ってやるから、もう少しゆっくりしていけ」

返事を待たず、男は台所のほうへと消えた。

電車もバスもないと聞いて、ムキになって一人出ていくほどの気力はない。風に当たれば少しは気分もよくなるかと、立ち上がって縁側に近づいた。引き戸は一面全開で、日差しも熱気も入り放題だ。

まさか、クーラーもないのかこの家は？

縁側に立つと、緩い風が頬を撫でてくれた。

「わ…」

思わず声が出る。垣根の向こうに見えるのは、夏の空と家々の屋根だ。見下ろす具合から察するに、かなりの高台に建っているらしい。

無意識に首に絡んだままのネクタイに手をやる。煩《わずら》わしいそれを取り去ろうとして、昨夜の店での騒ぎが頭に甦《よみがえ》ってくる。上着は店に置いてきたんだろうか。よれたカラーシャツにスーツのスラックスは、昨夜の名残《なごり》だ。

太陽の光が眩《まぶ》しい。こんな場所で、入道雲を見ながら蝉の声を聞いている自分が、嘘のようだ。

「どうした？」

振り返れば、ジャージ姿の黒石が盆を手に立っている。そう、ジャージなのだ。いつもダークなスーツで隙《すき》なくキメている男が、ブランド物かノーブランドか知らないが、Tシャツに紺のジャージ。

これがキテレツな夢だとしても、驚かないなと白坂は思った。

ちゃぶ台の前に腰を下ろした黒石が、昼飯を掻き込み始めてからは、頬をつねってみたい誘惑にさえ駆られた。

おかずは納豆に海苔《のり》。ありえない。

おまけに――

「なんだ?」

黒石に渡された、二日酔いに効くというドリンク剤を飲みながら、隣に座った白坂はある一点を見つめていた。

「…ジャージ、穴が開いてる」

見間違いであろうかと、膝上の穴をまじまじと見てしまった。

「え、あ…あぁ、これか。昨日煙草の灰を零して…」

バツが悪くなったのか。男は箸《はし》を置いた。

「ちょっと着替えてくる」

声だけは普段通りの落ち着いたバリトン。立ち上がった黒石は、のしのしと足音を立てながら部屋から出ていく。

隣の部屋で、簞笥《たんす》を開け閉めする忙しない音が聞こえた。ガツと鈍い音が聞こえ、何事かと思いきや、男の微《かす》かな呻《うめ》き声がする。膝か肘《ひじ》か、どこかに体をぶつけたらしい。

戻ってきた黒石に、白坂はまた驚いた。何事もなかったかのような顔で箸を取り直した男のジャージは、今度は後ろ前だったからだ。

黙って目を逸らす。トイレに行ったときにでも気がつくだろう。

そのときになって焦る黒石をふと想像し、可笑しくなった。

そういえば、似たような思い出がある。

夏休み、一緒に遊んだ日のことだ。ほんの数分だが待ち合わせに遅刻した黒石は、息をきらせてやってきた。Tシャツを後ろ前に着て現れた男にそれを教えると、『どうりで首が苦しいと思った』と困ったように頭を掻いていた。

白坂は男の顔を横目で見る。

どこかで仮眠を取っていたのか、黒石の髪は寝癖がついてぼさっとなっている。

まるで中学時代のようだ。

もしかして…変わっていないのだろうか。黒石の本質は、あの頃と同じなのか。

——だったらなんだ。あの頃だって、人のいい顔して、朴訥な男の顔して、自分に嘘をついた男だ。

出されていた麦茶を、白坂はくいと一口飲む。

「なぁ、黒石…さっきさ、俺の名前呼ばなかったか？」

「…名前？」

「あぁ、起こすとき。呼ばれたような気がしたんだ」

――一葉と。

誰かが自分を呼んだ気がした。

あれは、記憶の母の声だったんだろうか。もっと低くて深い声のように思える。そう、この男の声のような。

それに、あの指の感触――

自然と頬に手をやった白坂を、黒石がじっと見やってくる。なにか物言いたげな視線に思え、白坂はどきりとなった。心臓がきゅっと縮まるような感覚を覚えた。

少し眼光が鋭くて、怒ってでもいるかのような無愛想な眼差し。目つきが今一つ悪いのは、思えば昔からだ。

黒石は緩く首を振った。

「……覚えてないな。呼んだかもしれんが、一夜と」

一夜。そうだ、黒石が自分の本当の名を呼ぶはずがない。

けれど、すっきりとしない。釈然と、しない。何故、今返事を躊躇ったのか。まさか、自分が白坂一葉だと感づいているのだろうか。

そんな…はずはない。

聞いて確かめてみたいが、そんなことをすれば自分で宣言してしまうようなものだ。

ごくごくと白坂は麦茶を飲み干し、底に取り残された氷がカラと音を立てる。

この家にそぐわない、機械的なメロディが流れ、黒石がちょうど食べ終えた茶碗《ちゃわん》を置いた。鳴ったのはちゃぶ台の端の携帯電話だ。

メールらしい。開いた電話を確認した男は、返事を打ち出す様子もなく閉じてしまう。

「いいの、返事しなくて？」

「あぁ、この時間のメールに返事はしないと言ってある。毎日必ずくるんだ」

「へぇ、モーニングコールってヤツ？　誰？　彼女か？」

「客だ。志賀山《しがやま》さん」

「って、あの…」

店で知らないものはいない。一晩でものすごい大金を落とす、黒石のエース客だ。ただし年は二回り以上も離れた中年女性で、親子にしか見えないそのツーショット姿に、店では黒石を気の毒がる者もいる。

成金結構。究極の美女より、金持ち女。頭では判っていても、割り切りが鈍るのは男心だろう。実際、好みの客がいれば付き合い始めてしまう者も少なくない。

「よっぽどあんたがお気に入りなんだな。けど、毎朝モーニングコールって…まさか、本気なんじゃないのか？　少し考えれば、脈がないのくらい判るだろうに…」

「それを判らなくしてしまうのがこの仕事だろ。だからなるべく余計な気は持たせないようにしてる。このメールの返事はしない」

「ふうん、あんたも大変だな」

黒石は閉じた携帯電話についと視線を落とした。

「別に…迷惑なわけじゃないんだ。失礼だろうが、オフクロを思い出す。起きるのがしんどいときとか、体の具合が悪いときとかな、察したメールくれたりして、励まされるんだ。そんなときは正直、返事をしたくなる。けど、この人は俺の母親になりたいんじゃないからな…」

男は溜め息をつく。驚いた。返事をしないのは黒石なりの優しさであり、ケジメなのだ。

それは黒石自身も微妙に痛みを伴うものらしい。

「あのさ、あんとき…」

言いかけて白坂は言葉を飲んだ。

「なんだ？」

「いや、なんでも」

あの雨の日もそうだったのだろうか。

客を冷たく振り捨てたのは、わざとだったというのか。

冷たい雨の中、傘も持たずに走り出した女を一歩たりとも追わなかった男。金の切れ目は縁の切れ目、もう客ではないと言い放った。自分に追うなと言った。

追えば、どうなっただろう。

「おまえ、半年でよくやったな」

「え…なにが」

胡乱《うろん》な顔を向ける。

「なにがって、売上に決まってるだろう。すごいじゃないか」

黒石は自分が抜かれたことなど、本当に気にも留めていないようだ。なんとなく、一人気まずい気持ちとなり、庭のほうへと視線を向ける。

黒石が思い出したように言った。

「あぁ、そうだ。昨日言い忘れていた」

「なにを?」

「誕生日だ。おめでとう」

白坂はなにも返せず、振り返ることすらできなかった。

庭の垣根の向こうで、黒石のものらしい車が、真夏の太陽を反射してチカチカと輝いていた。

「あぁ、あのコ。覚えとるよ、篤成さんにえらい惚《ほ》れ込んでたコやろ？」

客と同伴だった白坂が店に出勤したのは、深夜も近い時刻だった。

同伴でなくとも、白坂にはフレックスタイムが許されている。半年前まで雑用で奔走させられていたのが嘘のようだ。年齢やキャリアでそれなりに尊重されもするが、結局は売れたもん勝ち。どの世界でも営業成績のよい者が優遇されるのは同じかもしれない。

同伴の客を一旦《いったん》ヘルプに任せ、控え室に入ると、犬森が休憩を取っていた。サンドイッチを頬張っている。

なんとなく、あの雨の日の客について尋ねると、意外にも犬森は覚えていた。

「へぇ…そんなに」

「んぐ、けど、なんや…夜遊びは親に内緒やったらしくて、仕送り減らされたゆうてたな。すげぇお嬢さんで、毎月信じられん額もろうとったらしいんやけど…んぐ」

サンドイッチで口をモゴモゴさせながら喋る男は、思い出したように続けた。

「あんとき、篤成さんのためやったら風俗で働いてでも通うて豪語しよったけど、全然見んようになったなぁ。やっぱそこまでの腹は括《くく》れへんかったんやなぁ」

「風俗？」

「あー、結構いるんやて、店で遊ぶ金欲しさに気軽に働き出すコ。引くためやったら平気で働かせるような鬼畜もおるし…あぁ、引くいうのは…」

「金を巻き上げるってことだろ」

「ははは、身も蓋もないなぁ」

水商売も半年以上。珍妙な言葉の数々にも慣れたし、ホストにも様々なタイプがいるのも判った。といっても『実直で優しい男』なんてここでは少数派もいいところ、多くはイメージどおりの昼社会でいうロクデナシばかりだ。そこで働く人間が様々なら、店も様々。この店など、かなり良心的なほうで、違法と合法のラインを行ったり来たりの悪質な店もある。

「篤成さんはそういうタイプやないからなぁ。あんま勧めへんかったんやろ」

勧めないどころか、アイツは追い払った。縁を切らせた。

たぶん…彼女を破滅させないために。

タイの歪みを直そうと鏡を覗き込んだ白坂は、そのまま手を止める。酷く嫌な考えに行き着いた気がした。ぼうっと自分の姿を見据えていると、背後で犬森が可笑しそうに言う。

「鏡見んの好きやなぁ。そないチェックせんでも、一夜さんは今日もべっぴんさんや。そや、一夜さん、おとついは大丈夫やったん？」

「…え？」

「あー、おとついいうか、昨日やな。びっくりしたわ。あんま潰れたりせえへんのに急にばったりいきよって」

「おまえ、いたのか？　最後までいたんなら起こしてくれたって…」

　簡単に起こせる程度じゃなかったから、気がついたら他人の家、なんてことになったのだろうが…それにしてもと思う。犬森が面倒を見てくれたなら、なにも黒石の家で気まずく目覚めることもなかったのに。

　薄情者。不貞腐《ふてくさ》れる白坂に、犬森はへらりと笑った。

「いつの間に篤成さんと仲ようなったん？　俺、つき添う言うたんやけど、篤成さんが自分が面倒見るからいい言うて…」

「…は？　黒石が？」

「そうや。そんで先に帰らせてもらったんよ。やーもう最近嫁の機嫌悪いし、外泊せんですんで助かったわ」

　ははは、と男は頭を掻く。

　訳が判らない。黒石は誰もいなかったから仕方なく連れ帰ったと話していた。黒石がわざわざ面倒を買って出る理由なんてあるだろうか。

「一夜さん！」

　ノックが響く。閉まっていたドアが開くと、血相を変えた男が控え室に飛び込んできた。さっきヘルプを任せてきた男だ。

「早く戻ってくださいよ。あの客、俺じゃ手に負えませんよ。なんか今日すげぇ機嫌悪くないすか？」

先月入店したばかりの男は、弱り果てた顔で懇願してきた。

「あ…ごめん、今行く」

店に入ったときまでは、普通だったはずだ。なにが女の地雷か判らない。

ボックスに戻ると、同伴してきた客は誰も寄せつけない形相で座っていた。磨き抜かれた灰皿に、細く華奢《きゃしゃ》な煙草の吸い殻がすでに三本になっている。この店では銀座のクラブ同様、二本で灰皿を交換する決まりだ。よほどの急ピッチで吸ってるのだろう。

「待たせてごめんね。マイちゃん、どうしたの？」

「さっきの話、思い出したら腹が立ってきた。なんで駄目なのよ、もう一度婚約者の振りしてって言ってるだけじゃない」

以前、田舎に戻らされるのを阻止するため、両親の前で婚約者の振りをしてやった客だ。隣に座った早々睨まれる。そう言われても、何度も振りをすれば追い詰められるのは彼女のほうだ。

「けど、今度は田舎にまで挨拶に行くってのは…近所の人にまで知れたら、後で困らないかな。本当に結婚するわけじゃないんだし」

「ちょっと、なんか一夜冷たくない？　ナンバーワンになれたからもうアタシのことどうでもいいとか思ってんじゃないの？」

そう言われても仕方がないかもしれない。

客のためならなんでもする。メールにはすべて返信し、どんな時間の電話だろうと嫌な顔一つしない。ゴキブリだって退治しに出かけた。でもそれらは、客のためじゃない。自分の指名のため、対価のためだ。

本当の優しさじゃなかった。

その場凌ぎの優しさだった。

「なによ。もう帰る！」

引き止める手も振り払い、客は立ち上がった。ろくに宥めることもできなかった客を店外まで見送り、戻るエレベーターの中で一人何度も溜め息をつく。

ちゃぶ台の前で、握りしめた携帯電話を見据えていた男を思い起こす。ただのメールに、返事をするか否か悩み決断していた。あれが黒石のやり方。思慮深く誠実、それが黒石の指名率の高さの理由なんだろうか。

客はその誠実さに惹かれて集まるのか。

――ふざけるな。

だったら余計に何故、と思う。

何故、俺だけ騙したんだ。どうしてあのとき本当のことを言ってくれなかったんだ。すぐに打ち明けてくれさえしていれば、俺は――

俺は……なんだろう。

「一夜、七番の新規のお客さんがおまえに来てほしいって」

フロアに戻れば、奥のボックスをボーイが示した。黒石のいるテーブルだ。なにやら盛り上がり、一際賑やかに感じていた場所だった。

もう十二時も回った時刻。酔いも回っているのだろう。

「来た来た、やっとナンバーワンが来た～」

「うわ、美人やね。この人やったら、うちらの店でも一番になるわ」

二人の女性客は騒ぎ立てる。顔を見合わせ、からからと笑う。単に酔っ払っているだけではなく、根っから突き抜けた乗りの女性たちらしい。

「さくら通りの『遊々《ゆうゆう》』のコやって」

挨拶を済ませ、ソファに座る間際に犬森が耳打ちしてきた。風俗嬢らしい。手っ取り早くいい収入を得つつも、ストレスの多い重労働。精神的にもタフでなければやっていけない仕事の彼女たちは、遊ぶとなれば燃え尽きるほど派手に遊ぶ。

「じゃあ、俺はこれで。あとは一夜に…」

女性の隣には黒石が座っていた。新規客には決まった者がいないため、挨拶がてらのホストの入れ替わりが激しい。

立ち上がる男の腕を、関西弁の子が遠慮なしに引っ張った。

「ちょお待ってよ、お兄さんも残ってよ。これからゲームすんのに、人数減ったら面白くないやん」

「ていうか、ぶっちゃけ、イイ男には残ってもらわないと困るのよ」

「なんやそれ、俺やったらおらんようなってもいいいうことか？」

犬森が突っ込みを入れ、笑いが巻き起こる。否定されなかったことに犬森が拗《す》ねてみせ、再び笑いが起こるのもいつものパターン。指名数はぱっとしない男だが、場を和ませる空気を持っている。

「じゃあ、始めま～す」

席に残った六人で始まったのは、定番の王様ゲームだった。この手のゲーム自体が白坂は好きではないが、王様になるのがもっとも苦手だ。ある意味外れを引いたようなもの。人への命令は、簡単すぎれば皆白けてしまい、難しすぎても引かれてしまう。こんな場だから、その内容もセクハラなものばかり、ますます匙《さじ》加減は難しい。新規客相手なら尚更《なおさら》だ。

数度繰り返し、そろそろ王様を引いてしまうのではと心配し始めた頃だった。

引いたのは客の一人だった。

「そんじゃ、二番と四番でキス～」

「えー、ありがちやなぁ」

「そんじゃ変更、二番と四番でセックス～」

「マジで？　うちやったら金取るよ？」

下ネタに上がる笑いの中、確認した白坂の棒は四番だ。二番は黒石。起こりがちな展開だった。王様ゲームで男とキスする羽目になったのは数知れず、犬森となど片手で足りない回数はしている。

嫌がってみせればみせるほど、場は盛り上がる。けれど、大袈裟《おおげさ》な反応を見せるつもりの白坂の声は、何故か冷えていた。

「それで？　俺はこの人とキスしたらいいの？　セックス？」

冷めた顔で言い放ってしまった。

「うっわ、一夜さんクール。じゃあセックスで」

「一夜さんがネコで」

「それ、普通すぎやん。見た目で言うてるやろ？　俺は一夜さんタチで」

「セックスはマズイですって、店の営業危うくなりますよ。キスでお願いします」

ふかしか本気か、ゲームの輪に入っていた新人ホストが、焦った表情で締める。

黒石だけがなにも言わなかった。左隣の男の横顔を見上げると、この場にあるまじき難しい顔でテーブルの一点を見据えていた。今にも眉間《みけん》に皺を刻み、腕組みでもしそうな表情だ。

「…黒石、こっちを向けよ。できないだろ」

「あ…あぁ」

胡乱な反応に苛立つ。

なんだよ、その気乗りのしなさそうな顔は。こんな品のない遊びは嫌だとか考えてるんじゃないだろうな。同じ穴のムジナのくせに。嘘つき男のくせに。

こっちだって気が乗ったりするものか。場の空気を冷やしたくないだけだ。

白坂は男のタイを引っ摑んだ。身長差が煩わしい。くそ、なんでこの男はこんなにデカイんだ。悪態を覚えながら、乱暴にぐいと引っ張り下ろす。

首を引っ張られ、男は観念したように身を屈《かが》めてきた。周囲が囃《はや》し立てる。舌を入れろだとかなんとか、言いたい放題。他人の不幸を肴《さかな》に盛り上がる。

唇に一瞬の感触を感じた。軽く押しつけただけで離れようとする男に、周囲は非難の溜め息。

白坂はネクタイだけに留《とど》まらず、スーツの襟も引っ摑んだ。

今更、キスくらい六十間近のオバサンにだってしている。おまえだって同じじゃないか。年が二回りも三回りも違う女にできて、俺が相手では嫌だとでもいうのか。

訳の判らない苛立たしさだった。

白坂はぺろと男の唇を舐《な》めた。舌を突っ込むつもりが、男が逃げ退《の》いたせいで入れ損なう。間抜けに舌を突き出す羽目になってしまう。

白坂は、カッとなった。

「おま…っ」

恥かかせやがって。

詰るつもりで思わず飛び出した言葉は途中で途切れる。男の顔に、毒気を抜かれる。

黒石は顔を赤くしていた。一目で判るほど赤らんだ顔は、ご丁寧に耳朶《じだ》まで染まっていた。

男らしく理知的な容姿に不似合いな、その顔色。

「黒…」

驚いて上げかけた声を、男の唇に吸い取られる。誤魔化《ごまか》そうとでもいうように襲いかかってきた男は、白坂の唇を封じた。

「ちょ…待っ…」

両手で頬を包まれる。大きな手のひらに埋まり、白坂の小さな顔は身動きが取れなくなった。送り込まれた舌は温度が高くて、大きく厚ぼったくて、黒石らしい。

悲鳴が聞こえた。客の女の子たちの黄色い悲鳴。歓声ってやつ。でもその後はよく判らなくなった。

上顎のざらついた部分を大きな舌で擦られ、背筋に震えが走る。生娘みたいに竦んでしまった舌をあやされ、全身の力が抜け落ちる。キスが終わる頃には、スーツの襟元を握りしめていたはずの手は、縋《すが》るみたいに爪を立ててるだけになっていた。

「次、あたし！　あたしにして！」

冗談っぽく挙手をした客の隣で、白坂はしばらく自分がどんな表情をしているのか不安でならなかった。

河川敷に作られた小さな広場だった。

放課後、学校からの帰り道、白坂は黒石とよくそこで時間を潰した。あまり遅くなると母に怒られるので、それはジュース一本を飲む間の短い時間だったりしたけれど、よく記憶に残っている。

その日、いつもより遅くまで二人は広場のベンチに座っていた。

「エンマコオロギ」

口数少なく黙り込んでいた黒石が、ふいに言った。辺りは薄闇《うすやみ》に包まれ、ベンチの前に広がる草むらから秋の虫の声が響き始めていた。

「エンマコオロギ、ミツカドコオロギ、エンマコオロギ…エンマコオロギ」

虫の声に合わせ、黒石が呟《つぶや》く。

「へぇ…よく聞き分けられるな、黒石。同じコオロギじゃないのか？」

「いろいろ種類がいる。短くスズメみたいに鳴いてるのがミツカドコオロギ。コロコロ鳴くやつが、エンマコオロギ。普通にコオロギって呼んでる茶色いやつ」

「…ふうん、そうなんだ。どこで覚えたんだ？」

「家の庭。あんま手入れしてないから居心地いいみたいで、いっぱいいる。親父が教えてくれた」

ぼそぼそと話す声。少し切れ切れでぶっきらぼうなその話し方を、白坂は嫌いではなかった。

もっと聞いていたい気がしたけれど、黒石は話を止めてしまい、辺りは虫たちの声だけになる。

秋の夜は日に日に早足でやってくるようになり、薄闇はいつの間にか本物の闇に変わっていた。西の空がぼんやり藍色《あいいろ》がかってるのが、日が沈んでまだ間もない唯一の証《あかし》だ。いつもならとっくに腰を上げて帰り始める時刻、二人は空のジュース缶を握りしめたまま、ベンチに言葉少なに座り続けていた。

明日は、黒石がこの町を去っていく日だ。

「おまえ、もっと笑えばいいのに」

詰襟の学生服の男は、正面を見据えたまま言った。黒いズボンに包まれた長い足の間には、飲み終えてしまったジュースの缶を握りしめた両手がだらりと落とされていた。

「え…？」

「もっと笑えよ、そのほうがみんなおまえを好きになる」

「なんだよ、それ」

「顔もちゃんと上げろよ。みんなの顔、ちゃんと見てやれ。そうしないと俺、心配だから」

いくら勉強ができても、クラスで浮き気味なのを黒石は気がついている。顔のコンプレックスのことを話さなくとも、いつも床ばかり見ている自分を知っている。

「なんかおまえ、母さんみたいだなぁ。顔洗え、歯磨け、早く寝ろって？」

白坂は惚《ぼ》けた振りをした。

自分の母はそんな風に優しく叱《しか》ってやくれないけれど、きっと普通の母親はそんなもの。

黒石がこちらを見る。咄嗟に目を伏せた白坂に、男は語調を強くした。

「こっち、見ろよ。笑えよ」

「…笑えない。だっておまえ…」

明日から、おまえいなくなるのに。

まるでしゃくりあげるときのように言葉を飲んだ。白坂の胸に飛来した感情に気がついたのか、黒石は優しい響きの声で言い直した。

「じゃあ、今度から。次からそうしろよ」

「……あぁ。できたらな」

なんで転校なんてしちまうんだ。

大人の事情なんて、理解もできないほど子供ならよかった。

今が夏だったらいい。もっと暑くて、いつまでも太陽の沈まない夏ならよかった。そしたら、いつまでもここに座っていられるのに。

「…白坂」

顔を起こすと、黒石は自分を見ていた。

なにを言い出すのかと思って幾度か目を瞬かせたら、ほんの少し男が近づいてきた。ほんの僅か。距離に直したらきっと二センチくらい黒石は身を傾けただけなのに、何故あのときそうしなければいけないと思ったのか判らない。

目を閉じなければ。

あのとき自然とそう思わされた。

広場の敷石に、なにかが弾《はじ》ける音が聞こえた。黒石の手から転がった空き缶が、カラカラと虫の声と一緒に鳴いた。

目を閉じる。目蓋を落としても、温かな空気を纏うみたいにふわと近づいてくる黒石の気配を感じた。そっと肩を抱いた手のひら、触れた唇。少しかさついた唇が触れたのは、短い間だった。

キスの後、目を開くと、外灯の下でも判るほど男は顔を赤くしていた。

開けた窓の隙間から、吐き出した紫煙がゆるゆると逃げていく。

クーラーを利かせた部屋は心地がいいけれど、空清機能を利かせたところで煙草の煙は浄化しきれない。煙たさにうんざりしながらも、煙草を吸うのはやめないのだから矛盾さっている。

休日の夜、窓の向こうのネオン看板を、自室のソファの背に凭《もた》れた白坂は見つめていた。

狭い路地を挟んですぐのラブホテルの屋上看板だ。

引っ越しをしたのは四ヵ月前、三月だった。借りていたウィークリーマンションから、店への通勤に便利なアパートへ移り住んだ。新宿《しんじゅく》区内、破格の賃貸料。築年数は結構なもので、周囲がラブホという環境だった。眺望は最悪。ちょうどホテルの看板前に位置する高さの窓は、酷い眩さだ。しれっとした顔で昼間案内した不動産屋を憎んだ。

しかし、それもいつの間にか慣れた。眺めていると、その規則正しい動きに妙に安心すらできるようになった。

パチンコ屋の看板のように右から左へ流れたり、点滅を繰り返したりするピンクのネオン管が部屋を照らす。暗くした部屋の窓には、ぼうっと自分の顔が浮かんでいる。

虫の声は聞こえない。外からは、たまに酔っ払いのヘタクソな歌声が聞こえてきたりするだけだ。

吸い差しのフィルターを口にすれば、窓の自分も唇に挟む。数日前の黒石のキスを思い出した。

嫌でも、何度も何度も思い出す。

キス一つで腑抜《ふぬ》けの腰砕けになってしまった自分もショックだったけれど、赤くなった黒石の顔が頭から離れなかった。緊張だか照れだか知らないが、水商売のくせして今更なんだ。

おかげであの夜のことまで思い起こしてしまった。

友達付き合いのような関係の中で、あの瞬間が唯一恋人の関《かか》わりを持った時間だった。

なんであのとき、俺にキスしたりしたんだ。

転校前の物悲しい雰囲気のせいか。淋しそうにしたからか。物欲しそうな顔でもしていたか。

問いただしてみたいけれど、もう訊けない。

自分は、白坂一葉ではなくなってしまったから。

窓ガラスに映る顔は、他人の顔。眺めてみても、あの頃の面影すら重ね見ることができない。元の顔を、思い返せない。

忘れてしまった。なのに黒石との記憶だけは鮮やかに残ったまま、いつでも再生可能のデータのように体の中に残り続ける。皮肉なものだ。

毒々しいピンクのネオンを背にした顔を、煙草を吸いきるまで白坂は見つめ続けた。

「え、一夜…おまえも行くのか？」

黒石に声をかけたのは店の控え室だった。

驚きと不服の入り交じったような顔つきで自分を見るから、白坂は思わず剣呑《けんのん》な口調になってしまった。

「俺が行ったら悪いのか？　店長に使いを頼まれたんだ」

リボンのかかった酒のボトルを掲げ見せる。

出勤早々、店長に同業回りを任された。なんでも、この『プラチナ』の系列店『K』の開店三周年記念イベントだとかで、自分の代わりに形だけでも祝いに行ってほしいのだとか。

正直、気乗りがしなかった。系列店と言われても、今初めて知った店だ。よそのホストクラブのイベントへ行くのは初めてな上、ほかの者たちのように他店に友人知人がいるわけでもない。

黒石の嫌そうな反応に、つい無駄な意地を張ってしまった。

「別に…悪くはないが。しかし一夜、おまえがわざわざ店空ける必要もないだろう」

黒石は歯切れが悪かった。ロッカーの前でタイを結び直しながらのらりくらり。拒むかのような煮えきらない態度が続く。

「わざわざ空ける必要がないのはアンタも同じじゃないか。嫌なら俺一人で行くよ」

「ちょっ…いや、一夜、待て。判った、一緒に行こう」

連れ立って店を出た。十一時を回った頃だ。街にはすっかりでき上がってそろそろ帰り支度の酔っ払いと、夜はこれからと繰り出してきた夜行性の客たちが入り交じる時刻。夏の夜の歓楽街には、目を剝《む》くような格好のキャバ嬢や、通行を妨げる客引き男たちも溢《あふ》れ返っている。

「店長、奥さんの具合が悪いんだって。夏風邪こじらせたらしくて、俺と入れ替わりに帰っていったよ」

黒石の背に声をかけた。

前を歩いていたつもりが、いつの間にか先を行かれてしまっている。

歩幅の違いかと思えば憎たらしい。心なしか黒石の前では、人も道を開けている気がする。

被害妄想だろうか。ジャージ姿の不恰好《ぶかっこう》な男を、皆に見せて回りたい気がした。

黒髪に黒服の広い背中は、雑踏に紛れそうな短い返答を寄越《よこ》す。

「そうか」

「結婚してるとは知らなかったよ。結婚指輪は皆外してるし、店長もその一人だったんだな」

「そうだな」

「…おまえさぁ、もう少しマシな返事できないの？　よくそれでホストが務まるな」

変わっていない。相槌《あいづち》を打つにしても、も少しなんとかならないのかと言いたくなる語彙《ごい》の少なさ。最初はすかしているのかと思っていたが、昔のままだというのなら納得がいく。

単に言葉に気が利かないだけの男。

客とは話せるくせして、どういう了見だ。

「おい、聞いてるのか？」

急に黒石が足を止め、背中に軽く鼻先を打ちつける。忌々しそうに仰いだ白坂を、男はやや困ったような表情で見下ろしてくる。

あんまりまじまじ見るものだから、困惑は白坂にまで伝染した。

「な、なに？　俺の顔になにか？」

畳の跡はついていないはずだ。まさか今の衝撃で、シリコン補強の鼻先が折れたとでもいうんじゃないだろうな。

いらぬ心配までもが頭を擡《もた》げる。

「新しいスーツ買ったんだな」

拍子抜けのするセリフだった。

白坂のクリーム色のスーツは確かに今日初めて袖を通したものだが、別に指摘されるほどのものではない。

今では月に何度もスーツを買い揃え、日替わりのように真新しい服を身につける白坂だ。たった一枚のスーツを買うのに、高いと頭を悩ませたのが嘘のようだ。

白坂に趣味と呼べるものはない。食事を共にする者も客以外はほとんどいないから、跳ね上がった収入の使い道がなかった。

「よく似合ってる」

「…なんだよ、それ。営業文句か？」

黒石は『そうだ』とも『そうじゃないとも』応えなかった。再び背を向けてしまった男の後を追う。

目指すクラブは、通りを二つほど移動した場所にあった。二人の店『プラチナ』と同じく、ビルの上階に位置する店だ。

「少し緊張するな。おまえ、この店に知り合いいるのか？」

エレベーターとは意味もなく緊張を煽るもの。傾いてもいないタイを、白坂は整え始める。

「あぁ…まぁな」

「ふうん、同業の友達ってどこでつくるんだ？」

「どこって…」

男は胡乱な反応を寄越していたかと思うと、おもむろに白坂の手にした祝いのボトルを奪い取った。

「やっぱ、おまえ戻れ。店長には俺が言っておくから」

「は？　ちょっ…なに言ってるんだ、おまえ。ここまで来て…」

本気だったらしい。

店の階に辿《たど》り着いたエレベーターの中で、間の抜けた押し問答。降ろせ、戻れ、と繰り返していると、背後からひょいと男が顔を覗かせた。

「誰かと思えば、黒石じゃん。なにやってんの、おまえ？」

扉を開放した店から現れたのは、ゆとり多い…ようはだぼだぼのズボンに派手な柄シャツの、ホストというよりチンピラ風情《ふぜい》の男だ。

「いや、三周年イベントだって聞いたんでな」

「イベントでもないと、おまえ顔見せてくんねぇもんな。つか、イベントにはわざわざ祝いにくんのが義理堅いっつーか、おまえらしいっつーか」

男は抱くように回した手で肩を叩きやると、そのまま黒石を店のほうへと促す。

「ま、入れよ。ナンバーワンホストにお越しいただいて嬉しいね」

「いや、もう俺は違うから」

「ウソ、誰んなったの？　おまえの店、ほかにそんなエースいたっけ？」

黒石は少し躊躇う素振りを見せた。それから、エレベーターの中に押し込められたままの白坂を示した。

「この人」

「…どうも、はじめまして」

男が自分を見る。顔から足元まで、そしてまた顔へと。いっそ小気味いいほどの、あからさまな値踏み視線に、腹を立てる気さえ削がれる。

「ふうん、最近はこういうタイプが売れるんだ…あれ？　アンタ、どこかで会ったことないか？」

顎に手をやり、男は首を傾げた。

「さぁ…お会いしてないでしょう。俺はあまりこの仕事に知り合いがいませんので」

見覚えなら、白坂にもある。しかしそれは別の男だ。毎晩店で顔を合わせ、ときに殺意でも籠ってそうな睨みを利かせてくる男。

白坂は目の前の男を苦手なタイプだと思った。

片桐に似ている。上背は片桐のほうがあるが、尖った顎とか、片側にだけ八重歯のある口元の具合とか。吊り上がった一重の目に表情がなく、笑っていてもどこか冷たさを感じさせる様だとか。

けど…片桐はこんなにたくさんのピアスをつけたりしてない。

そう僅かな否定をしかけ、白坂ははっとなった。

誰が、誰に似ているのか。ずっと、片桐を誰かに似ていると思ってやしなかったか。

初対面のときから、片桐を苦手だと感じたのは――

耳に留まらず、鼻や唇にもピアスの輝く男の顔を見つめる。

「新二《しんじ》、古臭いナンパなら女にしろ」

黒石が脇で咎《とが》める風な声を出す。

金崎《かねざき》新二。

その名はぱっと火花が散るスピードで思い起こされた。

「違《ちげ》ぇよ。だいたい、そんなつまんねぇナンパ俺がするかよ。けど、おかしいなぁ、アンタどっかで会った気がすんだけど…あー、名前なんての？　俺は新二。店ではシンで通ってる」

金崎だ。あの金崎新二だ。昔は華奢でもっと痩せていた気がするが、間違いない。黒石の罰ゲームの話をネタに、いつまでも…そう、嫌がらせを繰り返してきた男だ。

『ホモ死ね』

彫刻刀でそう机に彫った男だ。

白坂は驚きを相手に気取られぬよう、精一杯の笑顔をつくった。

「今井一夜と申します。まだ新参者なので、よろしくお願いします」

「イマイ…変だな、知らねぇなぁ。それ本名？　源氏名じゃねぇの？」

「本名ですよ。ほら」

何気ない仕草で、スーツの内ポケットの財布から身分証代わりの免許証を取り出す。ついでに差し出した名刺を金崎はぞんざいにシャツポケットに押し込み、免許証だけを眺め回した。

「…知らねぇ」

「そうでしょう」

「…ま、いいや。二人とも祝いに来てくれたんだろ、店に入ってくれ。ちょうど盛り上がってるとこだから」

やっと詮索《せんさく》を諦《あきら》めてくれたらしい男に案内され、店に入る。盛り上がっているというのは嘘でも誇張でもなく、店内は客もホストも犇《ひし》めき、盛況なイベントとなっていた。

店の規模も箱が大きい。ボックス席の数も、自分の店の倍近い。ただし、客層は低年齢層中心のようで、内装も無機質な感じのするモノトーンだ。

二時間ほど店で過ごした。いつの間にか客の相手じみた真似をする羽目にもなった。

店内を動き回る男に目がいく。派手な柄シャツの男。店では結構な地位なのか、リーダー的な仕切りも感じさせる男。

見てはいけない。俺は白坂一葉ではないのだから、意識しすぎては不自然だ。

判っていながら、目をやってしまう。

何度か目線がニアミスを起こし、ひやりとした。

幸い、金崎新二と視線が絡むことはなかった。

白色黄色、赤に青。光の洪水を織り成すネオンサインの元を、再び黒石と連れ立って歩く。戻る道すがら、行きとは打って変わり、白坂までもが沈黙しがちだった。

久しぶりに悪酔いしそうだ。金崎の店で飲んだ酒はいつも口にしているものと変わりなかったが、胸の辺りがすっきりとしない。

こんな偶然があっていいものか。

何度もそう思い、不運を呪《のろ》ったが、考えてみれば今更驚くほどではないのかもしれない。十年も経ってから、地元を遠く離れたこの街で、黒石とも再会したぐらいだ。店の犬森など、客としてやってきたキャバクラ嬢と出身が同じで意気投合し、詳しく話してみれば小学校のときの初恋の女の子で、微妙な思いを抱かされたぐらいだ。

しかし、なんだろう。

黒石と再会したときとは、どこか違う。重たい不快感。不安。同じ過去への恨みつらみなら、金崎に対してのほうが強くともおかしくないのに、『復讐』なんて単語は頭の隅にも湧《わ》かない。子供じみた感情はなりを潜め、ただ金崎とは関わりたくない。

そういえば、黒石と再会した日も驚いたが、別に不運だとは思わなかった。

「…一夜、おい、おまえ大丈夫なのか？」

肩を摑まれ、隣を見る。先を歩いていているとばかり思っていた男が、自分を覗き込んでいた。

「大丈夫って、なにがだ？」

「顔色、変だぞ。気分が悪いんじゃないのか？」

「別に…平気だ」

そうだ、平気だ。もう店に行くこともないのだから、金崎とは会わずにすむ。それに結局アイツは自分が白坂一葉だとは気がついていない。

しかし――どうしてバレかけたのだろう。

顔立ちに元の自分を匂わせる部分など残っていないはずだ。声か、体つきか、単に別の誰かと混同しただけか。

整形、他人へのなりすまし。あの金崎に知れたら、きっとただではすまない。

あの店の通りにはもう近づかないでおこう。

「慣れない店でちょっと気疲れしただけだよ。さぁ、客が待ってるかもしれないし、急ごう」

断頭台にでも上らされたような顔をしていては、黒石にもいらぬ疑惑を抱かれかねない。

白坂は明るく振る舞い始めた。

「仕事熱心だな」

苦笑した男を引き連れ、店へと戻る。

ビルのエレベーター前に辿り着いたときだった。タイミングよくエレベーターの扉が開いた。鏡のようにものを映し込む銀色の扉が左右に開くと、中で男女が軽いキスを交わしていた。

犬森と客だ。

「もぉ、リョウちゃんがもたもたしてるから、篤成さんたちに見られちゃったじゃない」

文句を言う客よりも、犬森のほうが決まり悪そうにしていた。ははと誤魔化し笑いを浮かべながら、客を見送りに出る。

エレベーターの中で客とキスをするのは、極一般的な営業行為だ。もちろん誰彼構わずというわけではないけれど、秘めた雰囲気が女心を擽《くすぐ》るのか客の反応がいい。名残惜しい帰り際、というのもいい。

しかし、そんな雰囲気をエレベーターがつくってくれるのも客相手だからだ。

ただただ気まずい。入れ替わって黒石とエレベーター内に収まった白坂は、沈黙に耐えかねてしまう。

「アンタもさ…客とあぁいうのするのか？」

訊くまでもないことを尋ねた。当然するに決まっている。自分でも客に求められ、いつからか拒めずに雰囲気に呑《の》まれるようになった。

「そうだな。まぁたまには」

「たまに？　ふうん、硬派な男は出し惜しみするほうか。こないだのゲームんときも嫌がってたもんな、アンタ」

「ゲーム？」

「王様ゲームだよ」

「あぁ…」

自分が相手だったからか、当初気乗りのしない顔でいたのは記憶に新しい。つい先週の話だ。

「あれは別に嫌だったわけじゃない」

男は相変わらずの仏頂面で、淡々と応えた。

「じゃあなに？」

「おまえが嫌だろうと思っただけだ」

思いがけない返事に戸惑う。

責任転嫁。人のせいにしようとでもいうのだろうか。感情の読みづらい男の横顔を、白坂は見上げた。

「なにそれ。俺がよければアンタは平気なの？」

「まぁ、そうだな」

黒石の目線は、上昇中のエレベーターの扉に固定されたままだった。

「俺はおまえを気に入ってる」

動いた唇が吐き出した声は、低く抑揚がない。まるで時報でも聞いているかのようだ。眉一つ、頬の筋肉一つ動いて見えない。シャープに彫り上げられた顔は、一見感情などどこかに捨て去ったマネキン人形だ。

ただ、白坂は目にした。

短めに刈られた襟足の傍、太い首の上で、男の耳朶がうっすら色づいたのを見てしまった。

それ以上聞くなと思った。なにも目にしてはいけないと、閃くように感じ取っていた。

気づいていながら、言葉にせずにはいられなかった。

「それ…どういう意味？」

「簡単に言えば、おまえを好きだということだ」

黒石の下ろした手は、指先が落ち着きなく動いていた。指は言葉の代わりに、まるでなにかを饒舌《じょうぜつ》に訴えかけてきているみたいだった。

あの、西日に照らされた日がフラッシュバックする。あのフェンスの前に立ち、黒石の告白を耳にした日。愚かな素直さで信じ込み、浮かれて眠れなくなったあの夜。

ふっと重力を感じた。店の前に停止したエレベーターの扉が開き、目の前が開ける。黒石は動かない。白坂も動けなかった。

一体なにが起こっているのか、よく理解できないでいた。

これは…今度は、なんの罰ゲームなのか。

真剣に考えた。店でそんなゲームが行われているのか、誰かが自分を嵌《は》めようとでもしているのか。

「…なにそれ。なんでそんなこと言うの？」

開いていたドアが閉じる。誰もボタンに触れようともしない。区切られてしまった空間は、再び下降し始める。

「アンタ…男が好きなの？」

「俺はたぶんゲイだ。今までそういう感情を覚えた相手は男しかいない」

「は？　だ、だって客は？」

「あぁ…正確に言うなら、バイなんだろうな。だが、女性に恋愛感情を持った経験はない」

これはなんだ。頭がぐらぐらする。まとまらない頭で男の顔を見てもなにも判らない。

唐突に霧が晴れるように、嘘でも本当でもどうでもいい気がした。

もういい。振り回されるのはごめんだ。あの日の二の舞も。また騙されただの言って、『復讐』なんて鼻息荒くして暖簾《のれん》に腕押し。そんなバカバカしい思いはもうたくさんだ。

そう心に決めながらも、つまらない質問をしてしまう。好奇心に負けてしまった。

「俺のどこがいいの？　半年…アンタと同じ店で働いてるけど、特に親しくしてたわけでもないし」

「…そうだな。そうだよな」

今まで淡々と言ってのけた黒石が、急に口籠る。

選び終えた男の答えは、白坂を言葉で切りつけてきた。

「顔…かな」

悪酔いの胃がカッと熱くなる。嫌な熱を帯びる。

ふらと身を傾げてきた男の前で、白坂は身動《みじろ》ぎもしないままだった。ほんの僅か、距離に直したら数センチ、近づいただけで予感がする。

目を閉じなければ。

あの日の甘酸っぱい感情を、他人事のように思い出す。

黒石の唇が触れた。あの日に似た一瞬の静かな口づけを、白坂は拒みも避けもしなかったけれど、目蓋は下ろさなかった。伏せられた男の睫《まつげ》がその顔に影をつくるのを、ただぼんやりと見つめていた。

黒石が体を戻し、向き合うだけになった瞬間、エレベーターが開く。

一階で呼んだのは犬森だった。

「な…なんでまだ乗ってるん、二人とも。もしかして行き先ボタン押し忘れたんか?」

黒石の手前、笑うに笑えず呆気《あっけ》に取られた男を押し退け、白坂は表に出た。特に行き先もないのに、衝動的に飛び出した。

路地を急ぎ足で歩く。どこに行くつもりかも、どうして急ぎ足なのかも判らない。ネオンの連なりも、喧騒《けんそう》も煩わしかった。
一つも聞こえない。
虫の声は、聞こえなかった。

◇　◇　◇

「一夜《かずや》、開けてみないのか？」

出勤前に呼びつけられ、待ち合わせたカフェバーだった。

並び座った黒石《くろいし》が小さな箱の包みを差し出してきた。バーはオープンしたばかりの夕刻、緩くカーブしたカウンターには二人と一組の男女が座っているだけだ。

落ち着いたブルースがBGMのムードある店内で、白坂《しらさか》は手にした包みのリボンを解くのを躊躇《ためら》った。斜体がかったブランド名の入った赤いリボンだ。

まさかとは思うが、洒落《しゃれ》にならない『給料の三ヵ月分』でも入っているのではないかと疑う。

食事に服に、靴に小物類。この一ヵ月、黒石は様々なものを白坂に渡してきた。あまりにもストレートすぎるプレゼント攻勢。気が利いているというより、むしろ行きすぎた男の振る舞いに白坂は戸惑わされた。

黒石に『顔が好きだ』と言って告白されてから、一月《ひとつき》が経《た》つ。

あれからもう一ヵ月――『顔』なんて言い出されなければ、こんな馬鹿げた状況はつくり出さなかっただろうか。あのとき、理由なんて聞いたりしなければ。

『顔』と聞いた瞬間、カッと熱くなった。たとえ名を変えても中身は同じ白坂一葉《かずは》であるのに対し、過去は罰ゲームの悪ふざけですまされ、今度は本気で好きときた。

顔。その言葉に固執する自分が煩《わずら》わしい。いいじゃないか、生まれ変わって美しくなった。美しいから人に好かれる、女好きのはずの男までもが好きだと言い寄ってくる、それでいいじゃないか。

何度も考えを改めようとした。翌日も、休日も家に籠《こも》りきり、夜通し考えた。隣のラブホテルのピンクネオンに照らされながら、『もうバカはやめろ』と自分を宥《なだ》めようと試みた。

あの告白を受けた中学のときのような、浮き立つ気持ち、無邪気な嬉《うれ》しさは一つもやってこない。ただ、胸苦しい気持ちだけが白坂を支配した。

何日過ぎても、心が落ち着くことはなかった。

黒石が本気がどうかなど、どうでもいい。昔、黒石が自分に嘘《うそ》をついたように、自分も嘘で返してやれ。そう思った。

ただの悪ふざけ、自分が以前されたことをそのまま返すだけ。

「こないだの返事なんだけど」

仕事の終わった夜明け、白坂は黒石を呼びとめた。男は驚いた顔をしていた。あの日と同じ、自分で言い出しておきながら、状況に納得がいかないといった表情。

「返事、いらないの？」

白坂は微笑《ほほえ》んだ。

「とりあえず…そうだな、友達からならいいよ」

同じセリフを繰り返し、同じことをする。

　ループの始まりに白坂は右手を差し出した。よろしくとにっこりと優しく笑った。客に見せるような甘い笑みを、憎いはずの男に見せた。

黒石は手を取った。あの日と同じく、躊躇ってから白坂の手を握りしめてきた。変わりない大きくて少し体温の高い手のひらに、胸の奥が波立つようにうねるのを感じた。

あまり乗り気なさそうに見えた男は、熱でも上げたみたいに人を変えた。

「気に入ったか？」

恐る恐る解いてみた箱の中身は、よもやのジュエリーではなく時計だ。小振りで男女ともに使えそうなホワイトフェイスだった。ステンレススチールのシンプルなデザインの時計は、腕に巻いた瞬間からしっくりきた。

「…あぁ、デザインもいいし…サイズもちょうどいい」

どうやって合わせたのか、調整が必要なはずのバンドの長さも具合がいい。白坂は元つけていた時計をスーツのポケットに押し込み、そのままつけることにした。

「そうか、ならよかった」

「いいのか？　こんなものもらって…おまえ、気前がよすぎるんじゃないのか？」

「いいから贈ってるんだろう。気にするな」

毎回同じような返事が返ってくる。とりあえず礼を言えば、黒石は言葉もなく頷《うなず》いてロックグラスの酒に口をつけた。

二人でいても弾む会話があるわけでもない。個人的な付き合いを始めたからといって、黒石の口数は変わらなかった。なにか二杯目の酒でも頼もうと、バーテンダーからメニューを受け取る。

写真もないメニューは判《わか》りづらかった。バーでは結局飲み慣れた酒で杯を重ねてしまう白坂は、気安くバーテンダーに声をかけてオススメを伺うタイプでもない。

トニック系かビールでも頼むかと、諦《あきら》めたように考えた隣で黒石が口を開いた。

「どういうのが飲みたいんだ？」

「え…どんなのって…なんか爽《さわ》やかなのでも。今日は暑いし、喉《のど》が渇いてるんだ」

暑い季節が終盤を迎えたといっても、まだ八月の終わり。店に入って間もない体には、表の熱気が残っていた。勢いで頼んだ一杯目のショートでは、喉は潤いきれていない。

「ウイスキーベースでいいならミント・ジュレップあたりにしといたらどうだ。ここのはいいミントをたっぷり使ってるから、飲み口が爽快《そうかい》だ」

黒石は壁に並んだボトルに目を向けたまま応える。

「詳しいな。この店にはよく来るのか？」

「昔バイトをしてたことがある。六年も前の話だが」

そういえばさっき古参そうなバーテンにちらと頭を下げていたかもしれない。

それ以上思い出話が始まるでもなく、白坂は薦められた酒を頼んだ。ほどなくして出てきた酒は、本当にお飾り程度ではないミントの葉がグラスの底で舞い、見た目にも爽やかで美味《お》しかった。

バーのフードで腹も満たし、開店より少し早い時刻に『プラチナ』には出勤した。

揃《そろ》って出勤したのではなにか詮索《せんさく》されやしないかと気に病んだが、偶然同時刻にやってきたと思われたのか、単に他人のことなど興味もないのか、控え室の面々の反応は薄かった。

携帯電話相手の、客への営業メールに没頭している者がほとんどだ。

「今日はえらい早い出勤やなぁ」

先に来ていた犬森《いぬもり》が声をかけてきた。

「おはよう。今日は同伴もなかったから…」

「ん？　それ、ええなぁ」

ロッカーに手をかけた白坂の袖《そで》から覗《のぞ》く時計に、椅子《いす》に座った男は目を留める。

「一夜さん、品がええからそういう華奢《きゃしゃ》なん似おうとるわ。けど、ええ値段やろ？」

「さ…さぁ、どうなんだろ」

「へぇ、なんや貢ぎもんなん？　また太い客でも摑《つか》んだんか？」

ホストなら皆喜ぶ『太客《ふときゃく》』。肝《きも》が太いんだか、財布が太いんだか、語源は知らない。体型は無関係なのだけは確かだ。年上客の多い白坂は、一月に多額の金を店で使ってくれる客が多かった。

「モテ男が羨《うらや》ましいわ」

膝《ひざ》から落ちそうになる雑誌を広げ直しながら、犬森は笑う。ふと見回せば、一緒に入ってきたはずの黒石の姿はなかった。事務所のほうに行ったのかもしれない。

「顔が好きなんだってさ」

吐き捨てるつもりで口にしてみれば、すっきりするどころか晴れないものが胸に広がる。

ロッカー裏の鏡に一瞬映りこんだ自分の顔を無視し、白坂は扉を閉じた。

「なんやそれ、自慢？　一夜さん、ナルシストやなぁ」

「向こうがそう言ったんだ」

付き合い始めた黒石は、まるでホストに貢ぐ女のように自分に尽くし始めた。店では犬森だけでなく、誰一人として黒石がそんなことをしているとは思ってもいない。

奇妙な男、馬鹿な男。白坂はこの関係を楽しんでいるのか、苦しいのか自分でも正直判らないでいた。

さっき飲んだ酒のミントの香りが、口の中にまだ残っている気がした。

休みの日、早めに店を上がった後、黒石と二人だけで会う日は増えていった。普段は数時間程度の逢瀬《おうせ》がほとんどだったが、少し前まで口もほとんどきかない仲だったのだから本当に奇妙な関係だ。

プライベートでまで飲み事はごめんだし、カラオケもうんざり。最初は外で食事をしたりもしたが、次第に黒石の家で静かに過ごす時間が多くなった。

午前四時過ぎ、夜明けの遅くなってきた空はまだ皓々《こうこう》と月が輝いている。

満月の夜だった。互いに早出をして三時過ぎには店を上がり、アフターもない夜。仕事帰りの白坂は、スーツの上着とネクタイを投げ出し、柱に凭《もた》れてぼうっと月を眺めていた。昼夜の完全に逆転した生活。店の狂騒の宴《うたげ》が、頭の奥にまだ残っている。

丘の上の家は、月も近くに感じる。こうして夜気を嗅《か》いでいると、頭の中がゆっくりと入れ替わっていく気がした。

シャワーを浴びて戻ってきた黒石は、ちゃぶ台のところでビールを飲んでいるはずだが、気配はほとんど感じない。

昔もそうだった。最初こそ『気が利かない奴だなぁ、なんか喋《しゃべ》れよ』などと思うものの、次第にそれに慣れてくると、妙に落ち着く。座り心地のいいソファにすぽっと体が包まれたみたいに、収まりのいい距離感。

この家も、同じ匂《にお》いがする。

「なぁ、黒石。おまえなんでこんなボロ…いや、古い家に住んでるんだ？」

夜空をたなびく雲に月が隠れていく。見上げたまま白坂は問う。

背後でアルミ缶を置く、かたりという音が聞こえた。

「昔住んでた家に似てるんだ」

「昔？」

「あぁ…中学のときまで住んでた家だ。こんな家だった。古くて、高台にあって、庭があって…植わってる木も似てる。ほら、そこにある南天《なんてん》の木の位置も。向こうは初夏には紫陽花《あじさい》が咲く」

声が弾む。珍しく高揚した男の声に、白坂は振り返る。こちらを向いた黒石は、ちゃぶ台に身を乗り出すようにして指差した。

「垣根の左側だ。そこ、少し葉っぱの違う植え込みが埋まってるだろう？　暗くて見えないか？」

「いや、判ってるよ」

――判らないのはおまえだ。

解せない男。見え隠れする月に照らされ、表に停《と》められたシルバーのセダン車、ジャガーの屋根が垣根の隙間《すきま》に輝いている。車は客向けか貢物か知らないが、あんな高級車を乗り回す男が住む家じゃないだろう。近所の住人は、いつも明け方に帰ってくる風変わりな男に興味津々に違いない。

中学の頃《ころ》まで住んでいた家とは、あの家だろうか。

夏休みに何度か遊びに行った記憶がある。細部までは覚えていないが、確かに新しい感じの家じゃなかった。

けれど、似ているからといってそう住みたいものか。普通は上昇志向、もっといい家に住みたいと考えるものだ。

「その壁時計は、昔祖母の家にあったものと似てる。あぁ、このちゃぶ台も…」

懐古趣味。リサイクルショップでも引き取りそうにないボロの扇風機が、温《ぬる》い風で部屋を掻《か》き混ぜる。懐かしいものに囲まれた黒石は、嬉しそうだ。店で見る男前の顔とは違い、少しばかり無邪気で、そして——

ふっと笑う厚めの唇が、嬉しそうなのにどこか淋《さび》しげだ。

白坂は一度向けた目を離せなくなった。

「黒石…そういえばおまえさ、なんでホストになったんだ？」

以前から気にはかかっていた。外での格好が洗練されたのが、ホストになったからか、その前からか知らないが、進んで夜の世界に飛び込む男には見えない。こんな暮らしぶりを見せつけられれば尚更《なおさら》だ。

「借金を返すためだ」

黒石は苦笑い、白坂は驚く。

「え…」

「親が起こした会社が倒産してな、いきなりすごい借金が降ってきたんだ」

そういえば黒石が転校して行ったのは、親が事業を始めるからとかいう理由だった。

じゃあ、あのとき始めた会社が――

「い、いつ？」

「七年前になるな。十九のときだ。それで大学中退して働き出した。最初は昼の仕事だけだったんだが、夜間の仕事は稼ぎがいいってんでバイトを探して…最初はバーテン見習いを始めた。ほら、この前行ったあの店だ。あそこの客に誘われてホストに行きついた」

「おまえの家族、大変…なんだな」

「当然の結果だ。夢と勢いだけで会社を始めたようなものだったからな。親父はギャンブラーと変わりなかった。まぁ、ギャンブルならおふくろも止めたんだろうが、起業っていうと半端に聞こえがいいからな」

白坂は感心せざるを得なかった。文句を言いながらも親の借金を返す手伝い。話しぶりから察するに相当大きな額だろう。

「孝行息子なんだな、おまえ」

「親孝行だと？」

「だってそうだろ、借金一緒に払ってやってんだから。きっとすごい感謝されてる」

黒石は目を逸《そ》らした。

「さぁ、どうだろうな」

缶を手に取ると、飲み残しのビールを空ける。親とはあまりうまくいっていないのかもしれないと、直感的に思う。

自分がそうだから、そんな風に考えてしまうのかもしれない。

親の借金を肩代わりして払い続ける息子もいれば、財産分与が終われば他人に戻る親子もいる…か。

白坂は再び夜空を見上げた。いつの間にか雲が多く出ており、月はまた逃げ込むように厚い雲の中に隠れ込んだところだ。

コロコロリーリー。

庭先で響いた澄んだ虫の声に、目を向ける。

コロコロリーリー、コロコロリー。

もうそんな時期なのだ。秋の虫が増えゆく季節。昔、黒石が教えてくれた名前は忘れていない。

「…エンマコオロギ」

庭のほうへ身を乗り出してその名を呟《つぶや》いてみた白坂は、そのまま身動きが取れなくなった。

いつの間にか背後に黒石がいた。伸びた腕が、白坂を抱きとめていた。

両脇《りょうわき》から回された腕に抱きしめられ、心臓が止まりそうになる。頭が、真っ白になる。別に今初めて触れられたわけじゃない。触りたがる黒石を何度か撃退しているというのに、その度に心臓が口から飛び出しそうに緊張する。

白坂の言葉は、こんな場面ではいつも情けないものばかりだ。

「…や、やめろ。スーツが皺《しわ》になる」

黒石は可笑《おか》しそうに笑った。首筋にふっとかかった息で判る。

「上着は脱いでるだろ？」

「シャツが皺になる」

「俺が…アイロン、かけてやる」

いつもならすぐに諦める黒石が、なかなか引こうとしない。身を捩《よじ》ると腹の上辺りで組まれた腕が、一層締めつけてくる。

「と、友達からだって言ったろ」

「いつ、友達じゃなくなる？」

「わ、判るわけないだろ、そんなの」

「酷《ひど》いな」

項《うなじ》の感触に身を竦《すく》める。黒石は拗《す》ねたように噛《か》みついてきた。それから、機嫌を取るみたいに唇を押しつけてくる。男が口づけた場所に、ぽっと灯《とも》った唇の感触はなかなか消えない。

腹の上で交差していた手がすっと脇腹を撫《な》で、シャツを引き抜こうと企《たくら》む。白坂は必死で押し留《とど》めた。

「これ、俺がだいぶ前に渡したシャツだ」

「そうだよ」

「気に入ってるのか」

「そうだな」

細かなヘリンボーン地のブルーのカラーシャツは着心地がよく、すぐに気に入った。店で長く互いの服装を見ているせいか、黒石がくれるものはすべて白坂の好むものばかりだった。クローゼットを開ければ、自分で買ったものよりすぐに手が伸びるくらいだ。

「この時計もおまえがくれたものだ」

左手首に嵌《は》まった時計を見せる。強化ガラスに黒石の輪郭がぼんやり映り、白坂は後ろ手に近づけると、男の厚めの唇に時計を押し当てた。

「返そうか？　こんな無駄遣い…俺にしてる場合じゃないだろ？　いつでも返す。全部おまえのものだ。おまえの自由にすればいい。でも、俺は…違う。服も時計も靴もおまえがくれたものだけど、俺はおまえのものじゃない」

「意地が悪いな」

黒石は珍しく声を立てて笑った。呆《あき》れたと言いたげな笑いの後、いつもの落ち着いた声に戻って言った。

「…おまえ、俺を嫌ってるだろう？」

心臓が飛び跳ねる。背中からでも感じ取られたんじゃないかと心配になるほど、どくっと鼓動を打つ。

黒石なんか、好きにならない。絶対に…絶対に好きにならない。いつまで経っても、友達以上になどなるはずもないのに、気を持たせたまま。あのときと同じように、この男も騙《だま》されればいいなんて、あまりにもくだらない報復——

「こんな意地悪をするのは、そうとしか思えない」

また少し笑い直して、黒石は付け加えた。

黒石はもしかしてなにか感づいているんじゃないのか。

ときどきそう思う。問いただす言葉を探しているうちに、それどころじゃなくなり、うやむやになる。

懲《こ》りない手のひらが、じわりと腹の上で動いた。指先がベルトに触れ、バックルが外れそうにカチャリと鳴る。

「駄目だ」

黒石は大人しく動きを止めるが、ぽすんと肩に落ちてきた頭は、押し殺したような息を吐く。

「…触るのも駄目か？　経験、ないか？」

「そ、そんなわけないだろ！」

「男同士は、って意味だが…」

激しい否定に黒石は怪訝《けげん》な声になる。

白坂はごくと唾《つば》を飲んだ。焦りにまた鼓動が昂《たかぶ》る。極度のコンプレックスからまともに人の顔も見れず、おまけに大学時代は『二十点』のあだ名をつけられてしまっていた白坂は、自然の成り行きで異性とも経験がない。

客とは寝ない。ある種の覚悟をしてこの世界に飛び込んだくせに、どうしても二の足を踏んでしまう。自分に客を楽しませることができるとも思えない。幻滅されるのを白坂は恐れた。もちろんベッドでの付き合いのまったくない自分に退屈し、離れた客もいる。怪我《けが》の功名にも、今はなかなか落ちないホストとして、年上女性を中心に指名をもらっているが、いつまでそんな子供騙しが続くか判らない。

必要とされなくなったら、辞めるまでだ。そもそも当初の目標は達成しているし、続けなければならない理由もない。

そうだ、本当は今すぐに辞めたっていいのに――

「…まさか、女ともないってわけじゃないよな？」

黒石が窺《うかが》うように尋ねてきた。

そう問われれば、つい意地になる。他愛《たわい》もないこととでもいう態度を装ってしまう。

「…冗談だろ、あるに決まってる。判ったよ。じゃあ…俺だけが気持ちよくなれるならいい」

「おまえだけが？」

「そう、だって…お、俺は別に男同士でなんてしたくないんだ。当然だろう？」

こんなふざけた提案をされて乗る馬鹿はいない。いないはずだ。

なのに、黒石は即答した。

「いいよ。判った、そうしよう」

「あの…」

「いいと言ってるんだ。もう問題はないよな」

黒石は素早かった。まるでフードボールの前で長い間『待て』をさせられていた犬だ。

引き寄せられたかと思うと、長い足の間にすっぽり収まる。背中に感じる体温が、やけに熱い。

白坂の輪郭を確認するように、大きな手のひらがシャツの上を滑り、するりと脇腹から腰まで伝い落ちた。

「…っ」

軽く立てた膝《ひざ》の上まで、腿《もも》を這《は》い上った手は、頂上まで辿《たど》り着くとまた山裾《やますそ》まで戻ってくる。

擽《くすぐ》ったい気がして、白坂は息を飲んだ。

何度もスラックスの上を行き来し、やがて内股《うちまた》からつけ根へと滑り始めた手に、際どい部分を意識する。

そう、せざるを得ない。黒石が、意識させている。

「く、黒石…」

息が苦しい。まだ寝苦しい夜も多い八月の終わりだが、明け方は最も気温の落ちている時間帯。つい今しがたまで快適に過ごしていたはずなのに、呼吸がしづらい。黒石の体温が背中からじわじわと移り込み、スラックスの下では熱気が籠り始める。

暑い。暑くて、堪《たま》らない。

シャワーでまだ濡《ぬ》れた男の前髪が、頬《ほお》を擽る。さっき頭を預けられた肩の辺りは、湿って肌に纏《まと》わりつく。

「黒石…おまえ、頭濡れてる。髪ちゃんと乾かせよ、俺のふ…服まで濡れたじゃないか」

「悪かった。後で乾かす」

「暑苦しいよ。おまえ体温高いだろ？　俺は平熱低いから暑いの苦手なんだ。せっかく涼しくなってたってのに…」

「…なぁ、一夜」

「なんだよ？」

「黙ってろ」

一喝されて身が竦んだ。

その低い声は、鼓膜だけでなく体の芯《しん》まで響いて、白坂の言葉を封じる。

黙ってられないのだ。

黙っていられない理由があるのに。

喋っていないと、なにかとんでもない言葉を紡ぎそうだった。よく知った感覚が、黒石の指先の傍《そば》で巻き起こっていて、そしてそれは人前でなど一度も起こらなかったことだ。

不意に男はそれに触れた。足の根元を彷徨《さまよ》っていた手のひらが、きゅっと白坂の中心を包み込んだ。

「…あ…ぅんっ」

鳴き人形みたいに飛び出した声に、頭の芯が赤く染まる。

「違っ…」

「違うのか？　気持ちよくなれないか？」

膨らんだ下腹部を、優しく擦《こす》られる。膝が震えた。感じてるのを知られただけでも情けないのに、布の下からあれが男の手のひらをひくひくと押し返す。悦《よろこ》んでいるのを伝えてしまう。

恥ずかしい。制御ができない。どうしてこんな羽目になったんだ。

どうして、黒石は一方的でもいいなんて即答したりしたんだ。

恨んだところで、こればかりは完全な逆恨み。自分の愚かな提案を後悔する。

カチャとベルトのバックルが外れ落ちる。反射的に引きとめようとした手を、黒石が空いた手で阻んだ。ファスナーが下ろされる。慌《あわ》てて視線を落とせば、押し上げるもので濡れた下着を目にしてしまい、軽くパニックになる。

「もう、いい。やめよう、やめ…ろっ」

もがく白坂を、男は両腕両足で挟み込み拘束した。

「じっとしろ。一夜、じっと…してくれ。頼む。大丈夫だから。大丈夫」

感情が籠っているのかいないのか判らない、無愛想なままの口調。けれど、真摯《しんし》なまでの繰り返しで、男は宥めてくる。

狭くなった空間の中で、湿った下着の合わせ目を開かれた。ふるっと怯《おび》えるようにして頭を覗かせた性器を引き摺《ず》り出される。

衝撃に身を硬くした白坂に、黒石は口づけてきた。髪に、蟀谷《こめかみ》に、耳に。優しく耳朶《じだ》を唇で食《は》みながら、性器を握り込んでくる。

「あっ、くろ…っ、駄目だ、だめ……めっ…」

濡れそぼつ音。濡らされる感覚。遠慮ない黒石の指は、尖端《せんたん》を嬲《なぶ》り、溢《あふ》れる雫《しずく》を拭《ぬぐ》い取り、手のひら全体を使って広げてくる。

きゅっ、きゅっと休まずリズムよく擦り上げてくる手指。滑りのよくなったものは、黒石の手の中で、すぐに限界まで張り詰める。

「やっ、やっ…」

急速に駆け上る快感から逃れたくて、足を閉じ合わせた。内腿に悪戯《いたずら》な手を挟み込む。いやいやとむずかるように擦り合わせた白坂は、自分の快感の源までもを擦ってしまい、啜《すす》り喘《あえ》いだ。

「ん…ふっ…」

「一夜…足、開け。開いて力緩めろ。いいから、気持ちいいとこ、全部任せてみろ」

「…んっ、ぅんっ、は…ぁっ…」

唇の間から零《こぼ》れる吐息が熱い。黒石の胸に預けた背は汗をかき、不快なはずが気に留める余裕もない。

視界が開けるように、突然周囲が明るくなった。

途切れた雲から差し込む月明かりが、玄関先の車の屋根を輝かせ、庭の木々を照らし、そして熱に浮かされた白坂をも暴き出す。

光の下に晒《さら》される。濡れて卑猥《ひわい》に輝くそれは、尖端も、幹の部分も、若く艶《なま》めかしい色を

していた。経験なんて一つもないと知られてもおかしくない。

「嫌、やっ…」

「大丈夫、大丈夫だから…こっち、見ろ」

そちらを向いたら助かるのか。この死にそうにみっともなくて、でも逃れられない、快楽から救い出してくれるのか。朦朧《もうろう》とした頭で、それだけを考える。

首を捩《よじ》り見上げる。黒石と久しぶりに目が合った。再会してすぐ、女性は性的な魅力を感じるかもしれない…なんて思った唇が、すぐ傍にある。そしてそれは、すぐに距離を縮めてくる。

「…んぅっ…」

吸い合わされた唇。すると熱い舌が滑り込んでくる。白坂の口の中を丹念に調べ回し、最後に薄っぺらな舌へと辿り着く。舐《な》めて溶かしてしまうつもりじゃないかと思えるほど、執《しつ》拗《よう》に絡め取りながら、泣き濡れた場所を頂上へと導く。

力が籠らない。だらりと崩れた両足の間で、剝《む》き出しになった性器を弾《はじ》けるまで黒石に愛《あい》撫《ぶ》してもらった。

体を突っ張らせて放った瞬間漏らした声は、唇に吸い取られた。

固く閉じてしまった目蓋《まぶた》を開く。

そっと唇を離した男の顔が、視界に広がる。

「…あ…」

月に照らされた黒石の眸《ひとみ》は、自分を見つめていた。ぬるぬるに濡れた手のひらを、ゆっくりと上下させる。濡れているのはアレのせいなのに、嫌な顔をするでも、すぐに始末をしようとするでもなく、愛《いと》しげに放ったばかりの白坂に触れ続ける。

言葉はないのに睦言《むつごと》のようだった。

「…ん…っ…」

ゆるゆると撫で摩《さす》る手の動きに、目蓋が震える。睫《まつげ》の先の揺らぎまで見取れそうな距離で、黒石は自分に目を注いでいる。

優しいとしかいいようのない眼差《まなざ》しだった。

「も…いい。い、いから」

声が震えそうになり、居たたまれずに白坂は顔を伏せた。そのときになって初めて、背中に当たっているものに気がついた。

黒石の…勃《た》ってる。

数枚隔てた衣服越しにも…少しぐらい離れたところで判るぐらい、黒石の屹立《きつりつ》は硬く撓《しな》っている。

「待ってろ」

男は名残《なごり》惜しげに手を離すと、立ち上がった。

戸口に向かい、ちゃぶ台の手前ですっ転びそうになる。たぶん…いや、確実に異物になった股間《こかん》のもののせいだ。ちゃぶ台に一瞬手をついた黒石は、照れ臭いのか、振り返りはせずに消えた。

ぼうっとなった頭でしばらく待っていると、タオルと衣服を手に現れた。

「シャワー浴びてくるか？」

白坂は首を振った。熱に晒された体は全身汗ばみ不快だったが、動く気力がない。

黒石は着替えさせてくれた。汗を吸ったシャツを脱がし、体を拭う。隅々まで丁寧に拭《ふ》き取る。ぼんやり黙ってされるがままになりながらも、男の行動が甲斐甲斐《かいがい》しすぎるぐらいのことは、白坂にも判っていた。

さっぱりとした半袖シャツを纏った体を、また背後から抱きしめられる。

「かず…」

一瞬、『一葉』と呼ばれるのかと思った。

「…一夜、一夜」

名は違ったけれど、背筋がぞくっとなる。それは痺《しび》れのように体を駆け巡った。

この男は――本気で自分を好きなんだ。

体の内がもぞりと蠢《うごめ》く。勝手な条件を突きつけ、我慢させてるのはこっちだというのに、まるで…我慢させられているような錯覚。

体の芯がまだ熱い。

燻《くすぶ》されるみたいに、まだ…火照ってる。

「そういえば…この家に連れてきたの、おまえが初めてだ」

白坂を両腕に抱いたまま、思い出したように黒石は呟いた。微《かす》かに笑った男の息が、肌を柔らかく撫でた。


「一夜さん、どないしたん？　ぼぉーっとして。酔うとるんか？　目ぇ赤いし、なんや泣きそうな目やなぁ」

犬森に声をかけられ、白坂は慌てて目元を擦った。

「そ、そうか？」

帰宅する担当客を、ヘルプで入った犬森と一緒に、通りまで見送りに出たところだ。客の乗り込んだタクシーが走り去っても、白坂は動こうともせず歩道の縁に突っ立っていた。深夜でも車の多い通りは、もう見送ったタクシーのテールランプがどれかすら判らない。

戻りを促《うなが》す犬森に肩を叩《たた》かれ、ようやく我に返った。

「なんや、そのウルウル目ぇ、やらしいなぁ。お色気ムンムン」

「い…色気って…」

白坂は絶句する。目線が落ち着かなくなる。

「へぇ、思い当たることあるん？　教えたってや」

「勘弁してくれ」

足早に店を目指す。スーツは毎日違えど、夜の街の喧騒《けんそう》はいつもどおり。なにを勘違いしたのか寄ってきた風俗の客引きを、犬森が面倒くさそうに追い払う。いつだったか客が言っていた。この辺りをスムーズに歩くには、『セールスお断り』ならぬ『キャッチお断り』の札を首から提げなきゃならないと。

あれから――一週間過ぎた。

黒石の家には行っていない。客との付き合いが続いてそれどころじゃなかった。けれど、忘れてはいない。時折体が熱っぽく火照る。腰がぐずぐずと重くなり、黒石の手指の感触が甦《よみがえ》る。

いい年してと思うけれど、初めての感覚は強烈すぎた。いい年して…初めての経験だったからかもしれない。

忘れまいと上書きするみたいに、何度も自分でも触れてしまった。今更、毎夜のように右手の世話になる自分なんて、想像もしていなかった。

はぁ。

ついた溜《た》め息が、あのときの吐息に似ていた気がして、白坂は焦る。

幸い、隣の男は気にしていない。

「教えてくれたかてええのに、可愛げないなぁ。そないなとこが店で浮いてしまう原因やな、一夜さんは。客だけやのおて、もっと横の繋《つな》がりも上手《うま》いことやらんと、ナンバーワンはやっていけへんて！」

犬森の指摘は耳に痛い。店の半数ほどの人間とギクシャクしている白坂だ。

店での猥談《わいだん》には、参加するどころか耳を塞《ふさ》いでいる。最初は下世話な話に嫌悪感を抱いていたからだが、最近はそういうわけではない。ただ単に、ヘタに話に加わって未経験を知られてはと、無関心を装っているだけだ。

そんな態度が、不幸にも取り澄ましていると誤解される。

「…判ってるんだけどな」

「そや、エミコさんが最近付き合い悪い言うとったな」

ビルに入ったところでエレベーターのボタンを押しながら、犬森が見上げてくる。

「ほらアレや、前にメシに誘われたのに都合つかんかって、一夜さん断ったやろう？　根に持っとるみたいやな」

「それ、二ヵ月も前の話なんだけど…なんで今頃」

「結構前からぐちぐち言うてたみたいやな。耳に届いてないんやろ？　そやからみんなと仲ようせないかんのや」

担当客の多くなった白坂は、すべての客の希望を叶《かな》えられるとは限らない。そんなとき、不満の聞き役は往々にしてヘルプに入ったホストだ。けれど、伝えるべき客の声は、ときにヘルプのささやかな嫌がらせによって白坂まで届かず握り潰《つぶ》される。ヘタすれば、あることないこと悪口を客に吹聴されたりもする。

「ありがとう、教えてくれて助かったよ」

素直に礼を言う。

「どういたしまして。みんなと仲ような」

犬森はにかっと笑った。さっぱりしていて付き合いやすい男だ。

入店したときからなにかと救われた。本当に気のいい男とは、犬森のような男をいうのだろう。上辺だけ懸命な自分とは違い、自然体で客の話に耳を傾けられる男だ。だから店の連中とも上手くやっていける。

もっと犬森のよさが判る客が増えればいいのにと、心から思う。

店に戻ると、件《くだん》のエミコが来ていた。

「エミコさん、こんばんは。ちょうどよかった、今日話したいことがあったんだ」

今夜はフォローしなければ。乗りを見てアフターに誘ってみよう。店はどこがいいだろう。こないだ行った『カーヴ』は？　いや、あそこは駄目だ。サヤさんの行きつけだ。エミコさんとは反りが合わないから、鉢合わせたら修羅場になりかねない。

隣に座り、他愛もない話を始めながら、頭をフル回転させる。客の煙草《たばこ》に火を点《とも》し、ふっとソファに体を預けたときだった。

「いっ…」

背後についた手に痛みが走った。

「どうしたの？　ちょっ…一夜、血が出てる！」

「……ガラス？」

背凭れと座面の合わせ目に、グリーン色のガラスの破片が刺さり、突き出ていた。

「どうしてこんなところに…」

血が溢れる。切れたのは小指の付け根だった。ほかに破片がないか確認し、少しだけ待っていてくれるよう頼んで裏に引っ込んだ。

控え室に常備されている救急箱に、絆創膏《ばんそうこう》があるはずだ。途中、厨房《ちゅうぼう》入り口のゴミ箱の傍らに、割れたボトルが袋に入って置かれているのが目に留まった。

同じグリーン色のガラス。

「これ、どうしたんだ？」

厨房にいたホストに声をかける。

「あぁ、さっき京吾《きょうご》さんたちが騒ぎすぎて割っちゃったんすよ」

「京吾さんが？　今、俺がいる席？　三番？」

「あーたぶんそうです」

——片桐《かたぎり》が。

偶然だろうか。ソファの上にまでガラスは飛んだのか。三番は近頃自分が好んで使っている席だ。しかも、客はソファの中心に座るが、白坂は決まってその左側に回る。片桐だから、つい疑ってしまうだけかもしれない。

気を取り直して控え室に向かおうとした白坂の前に、当の男が姿を現した。通路で鉢合わせる。最近では無視されていたのに、片桐は薄く笑い声をかけてきた。

「どこに行くんだ、一夜？」

「いえ、ちょっと控え室に」

「ナンバーワンホストがサボっちゃいけないなぁ。あーそうそう、『K』が売れるホスト探してるっていうから、おまえを推薦しておいてやったよ」

「『K』が？」

金崎《かねざき》のいる系列店だ。人手に困っているとは知らなかった。

「そ、うちには篤成《あつなり》もいるし、新人も育って今は余裕があるからな。ま、せいぜい小綺麗《こぎれい》な顔で『K』の客寄せしてやれや」

「行きませんよ、俺は。この店を出るときはホストを辞めるときです」

本当だ。ほかの店ならまだしも、金崎と同じ店で働くなど考えられない。あのイベント以来、あの店にはもちろん、店のある通りすら避けている。

いやにきっぱりした白坂の返事に、片桐は苦味走った顔となる。移店はともかく、売上一番のホストを辞めさせていいわけがない。

「ふん」

男は白坂のスーツの肩先を突き押しながら、フロアへ出ていった。白坂はぶつかられても、身動《みじろ》ぎ一つしなかった。前を真《ま》っ直《す》ぐに見据えたまま、唾でも吐きつけたい衝動を抑える。

嫌な男だ。

金崎新二《しんじ》を思い出す。

黒石の一件などなくとも、アイツも嫌なクラスメートだった。あの告白の一週間ほど前も、期末テストのカンニングの手伝いを断ったら、机にカビた給食のパンを突っ込まれていた。まぁ金崎がやったのなら、よくそのくらいですんだというべきかもしれない。腐った生ゴミだって突っ込みかねない男だ。

白坂は溜め息をついた。

下ろしていたせいで、ますます溢れた指先の血を口で吸い取る。これが片桐の嫌がらせだとすれば次はなんだ。

靴に画鋲《がびょう》か？　スーツにハサミでもいれられるのか？

どっと疲労感を覚える。憂鬱《ゆううつ》になる。客にはフォローが足りないと不満を抱かれ、同僚には煙たがられ。自分の招いた部分も多々あれど、白坂は気疲れを感じずにはいられなかった。

どこからか、風鈴の音が聞こえてくる。

九月も半ばになってから聞く風鈴の音は、間の抜けた感じだ。たぶん近所の窓辺で外し忘れられたものだろう。

気温的には風鈴も間違ってはいない。黒石の丘の上の家は、西日がきつい。まだ扇風機は盛んに頭を振って活躍しているぐらいだ。

休日、白坂は黒石の家を訪ねた。今まで、車で迎えにでも来ないかぎり、わざわざ休日に出向くことはなかったのに、街へ買い物に出た帰りにぶらりと向かった。

今日は、目覚めたときからそんな気分だったのかもしれない。でなきゃ、家からも遠く、主な交通手段がタクシー、バスならバス停から徒歩二十分はかかりそうな場所に、ふらりもぶらりもあったもんじゃない。

ちりん。遠い風鈴の音を聞きながら、白坂はぱたぱたとうちわを使った。休日だからスーツもお休み。半袖のプルオーバーシャツから入る風が気持ちいい。

決して…和《なご》んでいるわけではない。

白坂は自分に言い聞かせた。この家に来るのは、気が休まるからとか居心地がいいとか、そんな理由のはずはない。

面白いからだ。

あの黒石が自分に騙され、手玉に取られているとも知らずにいるのに、きっと優越感のようなものを覚えるからだ。

「一夜、お茶」

「…ん」

ぬっとグラスに入った麦茶が差し出される。

白坂は縁側の傍の柱に背中を預けていた。この家に来るとなんとなくここへ座ってしまう。庭の見渡せる位置だ。

「ここ暑いだろう。日に焼けるぞ？」

「夜型生活で太陽見てなさすぎなんだ。体がどんどん鈍《なま》ってる」

「日に当たったって運動不足が解消されるものか」

傍らに突っ立った黒石は、垣根の向こうを見ている。

なにを見ているのだろう。家々の屋根か、まだ沈みたくないとばかりに粘る太陽か。

黒石はこの家にいると、よく遠くを見るような目をする。そんなときの男は、まるでなにかを探しているみたいだ。古臭い家で懐かしさに浸ってでもいるのか。

それにしては…やけに淋しそうな顔だ。

静かすぎる。喋らないでいると、この家はすぐ静かになるからいけない。

ちりりん。また風鈴の音まで届いてきた。

「なぁ黒石、テレビを買う予定はないのか？」

呆れたことに、この家にはテレビがない。

「退屈か？」

「まぁ…そうだな。ていうか、おまえ困らないのか？」

「ここにはほとんど寝に帰るだけだ。テレビなら、店の控え室にもある」

黒石という男は、本当に派手なんだか質素なんだか判らない。あんなに華やかな仕事をしていながら、この慎《つつ》ましいほどの暮らし振り。

それに、冷静なのか情熱的なのかも。

「そりゃそうだけど…人の声がないと淋しくないか？」

黒石はしゃがんで腰を落とした。麦茶を飲んでいる白坂の顔をじっと見ると、表情に乏しい顔のまま言った。

「おまえがいる」

「え…？」

「今はおまえの声がしてるだろ？」

それは事実を述べているだけか、それとも口説き文句なのか。黒石の表情筋があまりにも機能しないせいで判らない。

　どちらにせよ、白坂はうっとなった。恥ずかしげもない男の前で、恥ずかしくなる。照れ臭い思いを、させられる。

「黒石、おまえいつもそんな気障《きざ》なセリフ客に言ってんのか？」

「…どんなセリフだ？」

「だから、今の…」

　天然ボケか。素知らぬ顔の男に、白坂は飲みかけのグラスを奪われた。

　臆《おく》しもせずに自分を見る目が近づいてくる。黒い眸。冷めたようでいて、熱っぽい眼差し。

　麦茶の味なんて、あってないようなものだから、キスは黒石の吸っている煙草の味がした。白坂のメンソールとは違う苦味が、一瞬舌を刺激した。

「……んふっ…」

　息が上手く紡げない。片手で握りしめたままのうちわで、黒石の背を叩くもまったく意味をなさない。

　膝立ちで迫《せ》り寄ってきた男は、柱に追い込んだ白坂の頤《おとがい》を空いた手で掴んだ。片手で易々《やすやす》と固定し、思うさま口の中を蹂躙《じゅうりん》してくる。すべてを自分のものにしたがる子供みたいながっつきようで、抉《こ》じ開けた口腔《こうこう》の深くまで浚《さら》い出してくる。

　すぐに息は上がった。体温も上昇した。じんと痺れる唇を離されたときには、首筋にうっすら汗を感じた。

なにか喋らないと落ち着かない気がして、白坂はぼやく。

「暑い」

「クーラーつけるか？」

「あるのか、クーラー？」

「二階にならある」

この家にクーラーがあるだなんて、今の今まで知らなかった。どんな主義思想か知らないが、この家の涼を任されてるとばかり思っていたボロの扇風機と、うちわだけで夏を過ごした。

「それ、早く言えよ」

不貞腐《ふてくさ》れて尖《とが》り声の白坂に、黒石は言った。

「俺の寝床だけどいいのか？」

それは深い意味を伴わずにはいられない言葉だった。


いつの間にか眠ってしまっていたらしい。

『鍵はポスト』

短すぎるメモに、白坂はふっと笑った。

目覚めると、枕元《まくらもと》に鍵と、なにか毟《むし》り取ったような小さな紙切れにそれだけが書かれていた。今日は白坂は休みだが、黒石は出勤日だ。スーツに着替え、出ていったらしい。帰るときは鍵をポストにでも入れて帰ってくれと、そういう意味だろう。

喋りだけでなく、筆記までもが無愛想でぶきっちょな男だ。

そうだ。たぶんあの男は破滅的なまでに不器用なのだ。口下手《くちべた》なうえ、強固に表情をつくるのを顔が拒むとくれば、かなり問題だろう。

しかも黒石の言葉が本当であれば、興味のない女相手ならそれはなりを潜め、興味のある男ほど態度が硬化してしまうのだ。

白坂は枕に頬を預け、ぼうっと部屋を見る。

壁際に乱雑に本の積まれた、六畳の二階の部屋。畳まれていた布団は、敷かれてみると微かに黒石の匂いがした。

その上で、腰がぐずぐずに蕩《とろ》けるまで可愛がられた。

今度ばかりはなにか自分もしなくてはならないだろうと、少しは覚悟も決めて二階へ上がったのに、結局なにもしないままだ。それどころじゃなくなったのもあるけれど、黒石は前回の取り決めを守り続けているらしく、なに一つ要求も奪いもせず、白坂だけを狂わせた。

――馬鹿な男。

慎重になる価値が、俺にあると思っているのか。そんなに俺の顔がいいか。腹は真っ黒で、おまえを貶《おとし》めることでいっぱいなのに。

「……っ…」

布団の中で寝返りを打とうとして、息を詰める。はだけたシャツの縁に胸元を擦られ、腰にまたじんと重い痺れが纏わりつく。

黒石は白坂の体の隅まで触れたがった。意味がないだろうと思っていた胸元への愛撫に夢中になり、腰をくねらせながら啜り喘いだ自分を白坂は覚えていた。

まだ尖っている乳首を想像し、白坂は一人頰を染める。

仰向《あおむ》けとなって、もう一度そっとメモを見た。自分の指に、覚えのないものが巻かれているのに気がついた。

小指の付け根の絆創膏。昨夜店で貼《は》ったものはゆるゆるになっていたはずだ。替えなければと思いつつも、外れかけで放置していたはずが、真新しい絆創膏がきっちり巻かれている。

黒石が気づいて替えたに違いない。

眠っている間に誰かが絆創膏を替えてくれてるなんて経験…初めてだ。

白坂は翳《かざ》した小指をしばらく見つめていた。

ふと指を引き寄せる。それに唇を押し当ててみる。甘やかな感覚と共に、苦いものが迫り上がってきた。

「……なにやってんだ俺」

思わず、呟いていた。


「あーもう、やだやだ降ってきちゃったわよ〜」

肩の辺りを払う仕草をしながら、客が店に入ってくる姿が見えた。

「雨、降り出しちゃったみたいねぇ」

ボックス席で隣に座ったアユミがぼやく。

今夜は店を紹介してくれたアユミが、友人のリエと揃って遊びにきてくれていた。彼女は入り口のほうを窺い、カフェパリを一口二口と飲む。

「傘持ってきてる？　用意しようか？」

「いいわよ、タクシーで帰るから。その代わりちゃんと車まで送って」

「いつも見送ってるだろ？」

「そお？　なんかうちらって身内感覚で大事にされてない気がして」

「そんなことないわよ〜、一夜くんはちゃんと大事にしてくれてます。大事にされてないのはアユミだけじゃないのぉ？　指名してあげてないから」

フォローしてくれたリエが、アユミをからかい笑う。今夜は気心知れた客ばかりが訪れ、雰囲気もいい。

見送りには傘を手に出ていくホストが増えてきた。

――昼は晴れていたから、てっきり夜もそうだと思っていたのに。

入り口に目を向け、白坂は思う。

黒石の家で見る丸い月を想像していた。いや、一週間前、中秋《ちゅうしゅう》の名月とやらでちょうど満月だったから…今夜は半月あたりか。どちらにしても天気が悪いんじゃ、月もへったくれもない。

まぁ、大丈夫だ。黒石と一緒にタクシーに乗れば、濡れる心配もない。

今夜は揃って開店時刻には出勤していたため、早く上がれるはずだった。

天気も悪く、名月も望めないというのに、立ち寄る気でいるのが不思議だ。最初の頃は、約束を決めるのも『会いたい』と言い出すのも黒石だけ。それがどうだろう。日に日に自分から訪ねる頻度は増え、泊まることすら多くなった。

もう十月も半ば。二ヵ月以上こんな関係を続けている。ただの恋人のようになってきている事実に気づきながらも、それを正そうともしない自分がいる。

午前四時前、白坂はアユミたちを含めた数人の客を見送りに表に出た。

電柱一つ分ほど先に、一際目立つ背の高い男の姿。タクシーに乗り込む客が濡れぬよう、傘を高く掲げている黒石の姿が見えた。

見送りに出ているのだろうと思った。

けれど、小雨にけぶる通りから、そのまま黒石は消えた。客に続いてタクシーに乗り込んでしまった。

突然、今夜の白坂の予定はふっとんだ。

「黒石って、今日アフターなの？」

客が途切れたと同時に上がったものの、控え室で苛々《いらいら》と煙草を吸う。

質問の矛先を向けたのは、帰り支度中の犬森だ。Tシャツにずぼりと頭を突っ込んだところだった。堅苦しい格好は苦手らしい。毎晩ラフな格好に着替えて家に帰っている。

「さぁ、よう知らんけど。客と一緒に帰ったんやったらそうやないの？　篤成さんのテーブル、えらい盛り上がっとったみたいやし」

「…ふうん、そうなのか」

別に約束をしていたわけじゃない。

勝手に自分がそのつもりになっていただけだ。黒石もその気でいると、思い込んでいただけだ。

苛立つ必要など、どこにもない。黒石だって好んでアフターに付き合っているわけではない。あぁ見えて客のことはちゃんと考えている男だから、期待されれば断れなかったに決まって——

なんで俺、黒石を褒めそやすようなことを考えてるんだ。

深呼吸をするみたいに、白坂は煙草の煙を深くまで吸う。

「アイツ…どこに行ったんだ？　アフターで行きつけの店とかあるの？」

「さぁ、どこやろ。篤成さんって、カラオケいうタイプでもないしなぁ。ホテル？」

思わず犬森を睨《にら》みそうになってしまい、すんでで押し留める。ホテルだったらなんだ、よくあることだ。それを売りにしているホストでなくとも、たまには客にそういうサービスをする夜だってある。まったくしない自分が珍しいだけだ。

閉店まで二時間足らずに迫った雨の店は、空《す》いていた。控え室には犬森のほかにも何人かいたが、白坂は行き先を訊《き》いて回るのはやめた。

知ってどうする？　押しかけでもするつもりか。

詮索はやめだ。そう心に決めかけたところへ、犬森が口にした。

「あぁ、そうや！　家やないの？」

「え…？」

もう寒くなってきただろうに、黄色地の半袖Tシャツにカーキのダボパンに着替えた男は、得意げな顔を見せる。

「篤成さん、よお家に連れて行かはるみたいやで？　ほら、そういうプライベートいう感じ、客も喜ぶやろ？」

白坂は言葉をなくした。

家って――あの、家か？

不便な丘の上に建ち、庭は雑草が生えるがまま。今時漆喰《しっくい》壁に畳の居間で、ちゃぶ台に振り子時計。文明の象徴のテレビもなく、廃棄物寸前の扇風機とうちわで暑さを凌《しの》ぐ家か？

クーラーは二階にしかない家――

その黒石の寝所である二階で、あれから何度もしたことを思い返し、白坂は言葉だけでなく、表情も失う。

黒石が自分に告げた言葉が、すべてを突き崩す。

『この家に連れてきたの、おまえが初めてだ』

自分を抱き寄せて口にしたあの言葉はなんだ。愛しげに体を抱き、切なげな声で呟いた、あの言葉。

どういう意味だ。誰か判りやすく教えてくれ。

「持ち家やなんて、ごっつ羨ましいわ。うちなんか2DKの家賃払うのも嫁と二人でヒーヒーやのに」

「家…って、黒石の持ち家なのか？」

「そうらしいで」

「でも…借金は？　家、買うどころじゃないだろう？」

車は営業用に無理して買ったか、貢がれたものだと思っていた。スーツや時計を自分に寄《よ》越《こ》すのと、家を買うのとではわけが違う。あんなボロ屋でも、一応都内の一軒家だ。

「借金？　あぁ、借金がきっかけで店に入ったいう噂《うわさ》は俺も聞いとるけど、そんなんもうとっくに払い終えとるんやて。なんや、そんとき、みんな篤成さんがやめるんやないか思うたらしいな。今はこの仕事が好きで続けてはるんやろ」

完済している。好きでやってるだけなら、自分は嘘をつかれたということだろうか。

白坂はふっと思い当たり、笑いそうになった。

誰か教えてくれ、なんて――教えてもらわなければ判らないほうがどうかしている。こんな簡単なからくり、誰だって『ホスト』という言葉を聞けば想像のつく話だ。

この家に呼んだのはおまえだけ。『おまえだけ』なんて、ホストの人の気を引く常套《じょうとう》手段じゃないか。『愛してる』と同じく、大安売り。挨拶《あいさつ》程度の言葉だ。今だって、黒石はあの家で同じセリフを客に言っているかもしれない。

黒石がどうしてずっとナンバーワンでいられたのか、やっと判った。

信じるだろう。あんな顔を見せられたんじゃ、客は本当に自分だけは特別だと思い込む。華やかな職場とはかけ離れた家に姿、淋しがる子供みたいな顔で迫られれば、誰も彼も簡単に落ちる。

自分も――

「ちょおっ、一夜さん、灰っ！」

犬森が慌てて声をかける。

白坂は長く燃え尽きた灰が崩れ落ちるのに、まったく気づけなかった。虚《うつ》ろな眼差しで、なにもないテーブルの端を見つめていた。

玄関の引き戸を叩く度、揺れる傘から雨の雫が飛び散る。

呼び鈴はついているが、ぐらついて隙間からは錆《さ》びた配線が覗いており、ちゃんと鳴るのか怪しい代物だ。

いくら戸を叩いても、黒石の家からは反応はなかった。最初は居留守を決め込んでいるのかと思ったが、引き戸の磨《す》りガラスの向こうは最初から暗いままで、三和土《たたき》にぼんやり女物の靴が透けて見えるなんてこともない。

――いないのか。

拍子抜けする。

怒りに任せてこんなところまで、一人来てしまった。客の女が来ていても構うもんか、なんて無茶苦茶《むちゃくちゃ》な思考。構わないわけがないのに。

白坂は傘を閉じると、短い軒下に立つ。人一人どうにか収まる程度の軒下では、雨粒が霧のように吹きつけてくる。黒石が戻ってくる気配はない。家の前の細い路地も、周囲の家々もしんと静まり、雨だけが降り続けている。午前五時。照らす人もない坂道を、外灯が雨を白く浮き上がらせている。

湿ったスーツの上着ポケットから煙草を取り出す。ボックスから一本抜き出そうとして、取り落とした。反射的に拾い上げようとしたそれは、白坂の革靴に弾かれて飛び出し、足先で見る間に雨に打たれていく。

伸ばした手も濡れた。雨粒に叩かれる腕時計に目を留め、収まりかけてきた胸の淀《よど》みが戻ってくる。

なんでこんなに苛々してるんだ。

自分に問いかける。

騙しているつもりで、また騙された。

嘘に騙され、そして——

淀んだ胸に痛みが刺し入る。

こんなに頭にくるのは、どうしてだろう。今更、十年も時は流れているのに。そもそも復《ふく》讐《しゅう》なんて馬鹿げた目的で店に入ったのはどうしてだ。

黒石を凹《へこ》ませて、それですっきりするつもりだった。

凹まして、すっきりして、それから——やり直すつもりだったのだろうか。『お友達から』なんて、あのときのように一から始めたかったのか。

そして。

そして…そして、好きになりたかったのかもしれない。

もう…自分を偽れない。あのとき、自分は嘘だと知らず、黒石を好きになっていった。信じたからこそ、腹が立った。ショックだった。今も同じだ。

また嘘に騙され、そして惹《ひ》かれた。

ちくしょう。濡れた時計の文字盤ガラスを、白坂は指先で拭った。何度も何度も、悔しくて情けなくて…哀《かな》しくて、擦った。黒石が寄越したものを、かかさず身につけている理由が、気に入ったからだとかなんだとか、そんな理由ではなくなった気がして苦しい。

静かに鈍く光っていただけの時計が、眩《まぶ》しい光を放つ。坂を上り詰めてきた車のヘッドライトを、反射する。

見覚えのあるタクシー。後部座席から、黒石は一人で降りてきた。傘を差そうとして、こちらに気がつく。

軒下の白坂に気がつくと、男は傘も差さずにそのまま駆け寄ってきた。

「一夜」

いつもどおりだ。普段と変わらない、感情の起伏に乏しい顔と声。けれどその行動は、白坂に会えて嬉しいと語って見える。

駆け寄ってきた男は、自分が濡れるのには構わず、軒下の白坂の湿ったスーツの肩を払う。

「どうしたんだ？　来るなんて知らなかっ…」

白坂はその手を払い除けた。

「…触るな」

声を絞り出す。黒石が目を瞠《みは》った。驚いて僅かに見開かれた男の目を見据え、白坂は言い放った。

「俺に触るな。おまえに本当のことを教えてやるよ」

「本当の…こと？」

「あぁ。おまえ訊いたよな？　いつ友達じゃなくなるかって。いつまで経ってもならない。だって…なるわけないだろ？　友達でもないのに、それ以上なんてさ」

必死で冷静を装った。声が震えそうになるのを抑え込む。なにが起こったのか判らないと言いたげに自分を見つめる男を見上げ、白坂は微笑んだ。

口の端が震え、それはまるで冷笑になる。

「まだ判らない？　からかったんだよ、おまえのこと。俺が本気で男なんか…それもおまえを相手にすると思ったのか？」

「か…らかう？　どうしてだ」

「…嫌いだからだよ、おまえが。それじゃ理由にならない？」

言葉が鋭い刃物に変わる。武装でもしなければ保っていられない、貧弱な自尊心。

黒石はなにも返さなかった。露悪的な自分の言葉をただ聞いているだけ、怒りもそれ以上追及もしない。ただ雨に濡れながら、目の前に立ち塞がっている。

しばらく見据え合ったのち、先に視線を外したのは白坂だった。大きな体を押し退《の》ける瞬間、一言だけ黒石は発した。

「…判った」

酷く素っ気ない響きの声に聞こえた。

その程度か。それですむ程度で、自分を好きだのなんだのとこの男は言ったんだ。

振り返らずに門扉《もんぴ》まで向かう。錆びて蝶番《ちょうつがい》が一つ外れ落ちた門扉は、傾いて常に開かれたままだ。

黒石を乗せてきたタクシーの姿はもうない。自分が乗ってきたタクシーも、もちろんとうにない。下の大きな通りまで下りれば走っているはずだ。白坂はそのまま坂を下り始めた。

途中、雨に打たれている自分に気がついて、握りしめたままだった傘を差した。

十分かけて通りまで下ったけれど、タクシーはなかなか通りかからなかった。徒《いたず》らに広いだけの道には、時折思い出したように普通乗用車や小型トラックが走り抜けるだけだ。

こうして待っていれば…いつかは来るだろう。

気長とも、諦めともつかない気持ちになる。白坂はふと振り返った。

高台を仰ぐ。下ってきた道沿いの外灯が、道標《みちしるべ》のように暗がりに並んでいる。家の明かりは一つもなかった。こんな時刻だから当然だ。

気になったのは、坂道の突き当たりにあるはずの黒石の家の明かりも灯っていないことだった。

もう寝たのだろうか。あれから三十分と経っていないのに？　理由をあれこれ考えても判らない。首が痛くなるまで見上げた。いくら待っても明かりは灯らない。

やがて白坂は、とうとう元来た道を戻り始めた。

ただ…ただ、表から確かめるだけだ。何事もなければまた戻るだけだ。

表から見たってなにが判る。戻る口実じゃないのか？

肯定、否定に反論、頭を無意味に忙《せわ》しなく動かしながら、頂上まで上りきる。

考える必要はなかった。

白坂は、立ち尽くした。

家の明かりが灯らない理由が、すぐに判る。

門扉の向こうに、白坂は男の姿を見た。玄関の前から少しも動いていない。軒に届かない場所で、黒石は雨に打たれるまま突っ立っている。

あれから…どれだけの時間が過ぎたのか。

二十分…いや、三十分は過ぎている。なにをやってるんだ。頭がおかしいんじゃないのか。

後ろ姿の美しい男は、雨に濡れていてもさまになる。格好がつく。急に男が少し背中を丸め、そっと脇に移動して様子を窺った白坂は、また驚かずにはいられなかった。

黒石は泣いていた。

大きななりをして、男前を惹き立てるためのスーツの袖で涙を拭っている黒石に、呆然《ぼうぜん》となる。無防備に感情を晒す姿を無視できるほど、白坂も割り切りのいい大人ではなかった。

気づけば傘を差しかけていた。

濡れた男の体を、そっと背後から抱きしめていた。


「それは……この家じゃない」

急《せ》かして鍵を開けさせ、押し込むようにして入った家の居間で男は応えた。

言葉と、涙と……なにが真実なのか判らない。どうして嘘をついたのだと、尋ねずにはいられなくなった。

「店の近くに別にマンションを借りてる。そこに客を連れて行ったりはしていたが……最近はそこにも誰も入れていない。今日は、淋しいから家まで送ってほしいと言われてタクシーに同乗しただけだ。それに、マンションは賃貸だ。たしかにこの家なら買ってるし、店の連中にはこの家のことを話してないから、たぶん誤解されたんだと思うが……」

黒石はぼそぼそながらも、丁寧に説明した。

畳の上に胡座《あぐら》をかいた男は、白坂が用意させたタオルも膝の上に引っかけているだけだ。

黒髪の先から、ぽたぽたと雫が落ち続けている。

「じゃあ…借金完済の話のほうは本当なんだな？」

「あぁ。でも、払い続けているとも言ってなかったはずだ」

「借金の話をするなら、それも教えて当然だろ。俺だって気になる」

「…悪かった」

黒石はぽつりと言った。ただ一言。素っ気なさすら感じる短い言葉だったが、男が本気で詫《わ》びたのがわかる。

濡れた服にも髪にも構わず、黒石は引き戸の閉じた庭のほうを白坂の肩越しに見た。しとしとと雨の降る庭。植樹を叩く雨の音が、夜明け前の静かな家の中へ染み込んでくる。

あぁ、あの表情だ。

白坂は思った。見つめる男の顔は、淋しさを滲《にじ》ませながらも摑み所がない。

やがて黒石は口を開いた。

「親はいない」

「え…？」

突然の言葉に、なにがなんだか判らない。

「孝行息子だって言ったろ、俺を」

「あ…あぁ」

「親は二人ともいない。蒸発したんだ。俺が協力するって言って、借金を返済し始めてすぐだった。二人で置手紙一つ残さないで失踪《しっそう》した」

知らなかった。知るわけもない。白坂は咄嗟《とっさ》になんと言ったらいいのか判らず、ただ口を半開きにしたり閉じたりを繰り返す。

「心中したんじゃないかと考えもした。だが、二年後に葉書がきたんだ。元気にしてると。差出先は書いてなかったが、それからは何度か葉書がきた」

正直、ホッとした。やっとなにか言葉にできる、よかったと、単純に安堵《あんど》した。

「よ…かったな、生きてて」

「よかった？　俺はそのとき初めて本気で落ち込んだよ。心配していた俺はなんだったのかと…俺がどう思うかなど、あの二人には関係なかったのかと思うと情けなかった」

黒石は苦笑う。片頬を歪《ゆが》めたニヒルな笑いも、男の端正な顔立ちを損ねたりはしない。けれど、目にすれば苦いものが胸に込み上げてくる。

「ムキになって残りの借金を返した。返し終えたら、なにをしたらいいのか判らなくなった。なんのために自分がいるのか。これからどうしたいのか。判らなくなって、辞めるつもりだったホストをずるずる続けている」

以前、黒石が指名を増やすのを控えていると耳にした。

辞めるつもりがあるから、指名を抑えているのか。まるで行くあてがないとでもいうような、見知らぬ路上に放置された捨て犬めいた男の言葉に、胸が痛くなる。

「黒石…」

「いい年してなんだろうな。親の存在がなくなって淋しいわけじゃない。ただ、虚《むな》しいんだ。俺は感謝されたかったのかもしれない。必要とされなくなった自分に、折り合いがつけられないでいる」

「おまえは必要とされてなくなんか…」

言いかけて言葉を飲んだ。必要とされてるというのは簡単だ。たくさんの客に求められ、欲しがられ…けれど、そうじゃない。黒石が探しているものは違う。

古びたもので自分を取り囲み、この家で一人。黒石はなにを思って生きてきたのだろう。表では華々しくも洗練された男を装いながら、家に戻れば…誰を受け入れるでもない、テレビの声すら響かない隔絶した世界に一人。

家族で暮らしていた少年時代の思い出、それだけが光り輝いている。

過去を探して生きている男。過去を捨てたがる自分とは対照的な男。

淋しい男だと思った。強そうに見えて脆《もろ》さを抱え、純粋さを失えないでいる。

捻くれた自分などのために、泣いてくれた男。

白坂は手を伸ばした。タオルを被《かぶ》ったままの、濡れた頭を引き寄せてみた。重たくて冷たい、氷のように固まった男を胸に抱いてみる。

「おまえにもう嘘をついたりしない」

黒石は独り言のように言った。

「もう？」

首を傾げる白坂に、男は真面目《まじめ》に尋ねてくる。

「おまえは？　おまえはなんで怒ったんだ。あんな酷いことを言ったりしたんだ？」

何故。理由はちゃんと判っている。今夜胸に閃《ひらめ》いた感情は偽りではない。

けれど、白坂は言葉にはできなかった。黙ったまま、冷たい顔に両手を添えた。膝立ちして身を寄せたまま、男の顔を仰のかせ、その青ざめた唇に口づけた。

あの熱い体温を取り戻すまで、何度も角度を変え、啄《ついば》んで温める。

なにも言葉では返せない自分がもどかしかった。

「好きだ…好き、おまえが」

口づけの合間に黒石が呟く。

判ってる。判った。たとえなにがきっかけでも、黒石が自分を好きになってくれたこと。

「ずっと好きだ」

「ずっと？」

「あぁ、ずっとだ」

だらりと膝の上に乗っていた男の腕が伸びてくる。冷えきったその体に身を震わせながらも、抱きとめてくる腕から白坂は逃れようとはしなかった。

小雨でも、長い間打たれていたスーツはずぶ濡れだった。触れると寒さに指が震える。もう十月も半ばだ。深夜から明け方にかけては気温もぐっと落ちてくる。

つい数時間前まで、このダークな色のスーツで誰より端然としていた男が嘘のようだ。けれど、目の前の男のほうが白坂には魅力的に思えた。誰にも見せたくないと、空恐ろしい感情が湧《わ》き上がってくる。

重いスーツを脱がせ合った。雨粒をたっぷりと吸った服は脱がせにくく、上着だけで白坂は息が上がった。ラインの美しいスーツの上着を、型崩れするのも構わないとでもいうように、無理矢理剝《は》ぎ取る。まるで自分が餓《かつ》えてでもいるかに思え、急に恥ずかしくなる。

「続けてくれ」

タイを解きかけて手を止めると、黒石が自分を見つめていた。白坂の上着は、すでに背後でクリーム色の布の塊になっている。

「あ…ぁ」

指先がびくつく。濡れて体に貼りついたワイシャツは、触れるとその下の筋肉を意識させる。酷くセクシャルな感じがする。平静を装ってタイを抜き、ボタンに指をかけた。喉元、鎖骨《さこつ》、三番目のボタンを外そうとしたところで、白坂の体は不自然に跳ね上がる。

両脇を不意に撫でられたからだ。

「…一夜、続けて」

ボタンを外す。目線を落とす。

四つ目――

「……んっ…」

外しかけた小さなボタンを指から逃してしまい、爪先《つまさき》でかいた。

シャツの上から、やんわりと黒石が責めてくる。小さく潜んだ二つの存在を探し当て、指先で摩る。身を捩っても追いかけてくる指先。一度確認した場所を男は見失ったりしない。

それどころか擽られて瞬く間に尖った場所は、ここだと…ここを弄《いじ》ってほしいのだとでも訴えるように、膨らんで小さな存在を主張する。

早く、早く服を脱がし終えてしまわないと。

「あっ…黒石っ、や…めろっ…」

布地で乳首を強く擦られる。指を動かされる度、ひくと肩が弾んだ。

じっとしていられない。顔が上げられない。ボタンを外す作業を続けようとしてままならず、意識は黒石の愛撫に呆気《あっけ》なく奪われていく。

「…だめっ…!」

つんと硬くなった乳首をきゅっと捻られ、浮いた腰を揺らめかせる。

「続けて」

「無…理っ」

「服、脱がせてくれないのか？」

「や…おま、おまえ…変っ…」

ワイシャツのボタンをすべて外し終えるまでの間、黒石の悪戯は続いた。

「…んっ、んっ…」

最後には開いたシャツにしがみつき、胸に額《ひたい》を擦りつけて何度も頭《かぶり》を振った。冷えていたはずの服の下が熱くて、散々嬲られた部分が右も左も疼《うず》いてる。頭がぼうっとする。熱が体中を回って、下へ下へと集まっている。

「俺は変じゃない。男なら誰でもやらしいことは好きだ」

「やら…っ…」

シャツを握りしめる指を解かれた。胸に抱え込んだ白坂を横たえながら、黒石は言葉を耳に吹き込んでくる。

「一夜は、随分淡白のようだが」

「…っ！」

なにを示して判断しているのか。怖くて問えない。経験の乏しさを皆まで察せられているようで、堪らない気持ちになる。

「それも…今までは、だな。俺が変える。変えてみせる。でなきゃ俺ばっかり欲しがってしまう」

ぐっと押し潰す勢いで、腰が重なった。目眩《めまい》がする。カッと頬に赤みが散る。荒々しく擦り合わされたスーツの布地の内で、互いの中心が反応し合っているのが判る。

白坂の衣服を剝ぎ取りながら、黒石は絶え間ないキスをした。唇で肌をなぞった。淡いキスの擽ったさに身を捩れば、剝き出しになっていく肌に畳が擦れる。

頬を押しつけた畳の感触。微かな藺草《いぐさ》の匂い。この部屋で目覚めた夏の日を思い出す。

『一葉』

母の夢。名を呼ぶ優しい声。

あの、頬を撫でる指。

目の前の黒石の手が頬を撫で下ろし、心臓がとくんと鳴る。あの夢の感触に似ている気がしてならない。

「どうした、嫌か？」

頬に手のひらを添えたまま、問いかけてくる。されるがまま、急にぼんやりとなった自分を気にかけてくる。

「…冷たい」

「あぁ、悪い」

素足に触れる黒石の濡れたズボンは堪らなく冷えていた。

黒石はもどかしげに残りの服を自ら脱ぎ去る。

「…で、電気」

蛍光灯の下は月明かり以上に明るく、抵抗を覚えずにはいられない。

男はそれには応えなかった。

「電…」

二度目の文句は、口づけで封じられた。明かりの下では、纏うものを失い誤魔化《ごまか》しも利かなくなった体格差が、露《あら》わになるだけだ。

店では客に持て囃《はや》されているが、一度スーツを脱げば男らしさに欠けた体。手足ばかりがひょろっと長くて貧弱で、黒石の下にすっぽり収まっていて恥ずかしい。

「嫌だ、暗くし…あぁっ…」

するっと腰を伝い下りた手のひらが、迷いも焦《じ》らしもなく性器を包む。

「どろどろになってる」

「そ…んなっ…」

溢れる雫に、薄い茂みまでもが露を纏っていた。絡んだ指がぬるりと滑る。

男は嬉しそうに白坂の額に唇を押し当てた。それから、布地に擦られて赤く色づき、健気《けなげ》につんと上を向いたままの乳首に吸いつく。手のひらに収めた従順な部分をも、思い通りに育て上げていく。

「あっ、あっ…黒石っ、くろっ…」

急速に膨張する快感に頭が追いつかず、何度も足で畳を蹴《け》った。右、左、左右の足の踵《かかと》で畳を擦っていると、体をそっと転がされた。

背後に横たわった黒石が、抱きしめてくる。寄り添う体温。ぴったりと隙間なく密着した肌。緩く足を折り畳まれ、尻《しり》のほうから伸びてきた手に袋を揉《も》みしだかれる。優しく包み込んだ手のひらで、中でしこった珠《たま》を教えるように擦り合わされる。

「…ひぁっ…ふっ、あぁ…っ」

若干細身の性器と、小振りの袋を同時に刺激され、白坂はなす術《すべ》もなかった。縋《すが》るものを探し、傍の衣服を握りしめた。湿った淫猥《いんわい》な音は、間断なく規則正しく響いて、静かな部屋をいっぱいにする。白坂の体も頭もどろどろにする。

袋から離れた指が、ぬるると後ろに滑った。

そんな場所へ指が滑ったのは初めてで、背筋に緊張が走る。

ぴくりと身を突っ張らせれば、黒石はそっと指を離し、白坂の性器だけを元通りに愛撫する。

「ん？　どうした？」

「…なっ、なんでも…っ」

なんでもない。勘違いかもしれない。黒石が後ろに触りたがっているなんて考えるのは、変かもしれない。

否定するうちに、黒石の指の動きがまた怪しくなる。

触られてる。でも尻を撫でるぐらい普通かも――

経験値の低さは、白坂の判断力を鈍らせる。かつてない違和感に焦る度、前を一際強く擦り立てられ、昂る射精感にそれどころではなくなる。

濡れた指は、やがて狭間《はざま》をゆっくりと行き交い始めた。前から後ろ、後ろから前へと浅い谷間を滑る。ただ道筋を遠慮がちに辿るだけだった指は、小さく噤《つぐ》んだ場所で留まるようになる。

円を描く。そこに恥ずかしい淵《ふち》があるのを教えるように。

「嫌っ…」

撫でられた場所がきゅっと窄《すぼ》まり、白坂も身を竦めた。

「嫌？　なにが？」

言わなくては。羞恥心《しゅうちしん》が邪魔をする。そんな場所を弄られてるなんて、認めるのも恥ずかしい。店ではいくらも見繕えるスマートな言葉が、こんな場面では見つからない。

セックスは白坂が思うよりずっと、生々しかった。

潜ろうとする濡れた爪先を感じたとき、体裁など繕っていられなくなった。

「くろ…黒石、ダメだ…そこ、指だめっ…ぃあっ」

項《うなじ》に黒石の熱い息を感じた。唇を湿った髪の生え際に押し当てられる。仰《の》け反らせた背筋がぶるっと震えた。黒石の長い指が、慎ましく閉じた窪《くぼ》みを暴き始める。

異物感が、信じたくない場所で巻き起こる。黒石の長い指が、爪先から関節、根元までじわじわと緩やかだが強引に進んでくる、体軀《たいく》に比例した太くて長い指。

「やっ…や、くろ…っ、あぁっ」

背中を押し返してくる切っ先を感じた。

硬い。熱い。もどかしそうに押しつけられた猛《たけ》りを背に受け、白坂はびくつく。

「判ってる。指だけだ。約束だから、最後まではしない」

黒石は懇願するように言った。

もう一方的じゃなくていい。そう口にしたかったけれど、指でも拒んでしまう場所に望まれていることを想像すれば、躊躇《ちゅうちょ》した。背に当たる感触はそれほど逞《たくま》しく、白坂を怯《ひる》ませる。

せめて自分も黒石に手で…と身を捩れば、逃れたがっていると勘違いされたのか、きつく自由を奪われた。

絡んだ足に動きを封じられる。黒石の膝立てた足に、片足を開く姿に持ち上げられ、指を深くまでずるっと挿入される。

「あっ、あぁっ…」

逃げようとした仕置きだとでもいうように容赦なく咥《くわ》え込まされ、抑えきれない声が上がる。襞《ひだ》を開く指に、潤んだ性器がまた涙した。衝撃に萎《な》えるどころか、とろりと雫を垂らして、痛くないのだと黒石に知らしめてしまう。

戸惑う襞を宥める指先。緩く曲げられた黒石の指を、深いところで感じる。体の奥に黒石がいる。

次第に交わるときのように腰を使いながら、男は指を出し入れし始めた。背中にあたる強《こわ》張《ば》りが、ぬるると滑って前後する。白坂のごつごつと浮き出た背骨の上を滑り、尻の谷間も割った。

そのまま後ろを開かれる感覚を、想像した。穿《うが》たれた指が、黒石のもののような錯覚。抜き差しされる指。性器を慣れた手つきで追い上げる手のひら。腰が甘く蕩けて、もうあとは射精するしかないほどの快感だった。この先はもうないと思えるほどだった。

なのに、電流でも通されたみたいな痺れが襲った。黒石の指の先から、指の触れた場所から、なにか迫り上がってくる。

熱い疼きに、白坂はびくびくと腰を揺すった。無我夢中で、訳が判らなくなって、助けを求める。

「そこ、やっ…黒石、俺…ちが、違っ…あっ、あぁっ」

「一夜、感じるか？　ここか？」

感じる。すごく、堪らなくよくて、自分の思考が壊れかけているのも意識できない。

想像の中で、白坂は完全に黒石に犯されていた。奪われ、揉みくちゃにされ、指とは比べようもない雄々しいもので貫かれる。暴かれ、組み伏せられて、黒石に支配される。

頭が変になりそうだ。どれが現実か判らなくなっていく。

固く閉じた目蓋の裏を白く染め上げながら、白坂は達した。

「……あぁっ、やっ…」

放ち終えても、指は出ていかない。抜いてもらえない。

それどころか、白坂の放ったものを黒石はさらに後ろへなすりつけた。どろどろの狭間は、僅かな動きにも淫猥な音を響かせる。

「悪い。もう少し、もう少しだ…」

抉《えぐ》るように押しつけられた背のものが、何度も行き交う。背中に擦《す》りつける程度では、黒石は上手く達せないらしい。もう少し、もう少しと言いながら、男は自分を追い立てるように激しく指を走らせ、白坂の中をも弄った。

狂おしげな息遣いが背後から響いてくる。いっぱいに何本も咥えさせられた指で中を掻き回され、まともなことなどなに一つ考えていられない。

「や…もう、指嫌だ…おまえの、おまえのがいいっ」

自分がそのときなんと口にしたのか。告げた言葉は後になって思い出すことはできなかった。白坂は少しも覚えていなかった。

気がつけばうつ伏せに体をねじ伏せられていた。薄い肉を開き、陰りを割った指を抜き去り、黒石は代わりに猛々《たけだけ》しく反り返ったものを押し当ててきた。


二階へ上がったのは、夜も明け日が昇ってからだった。

借りた風呂から出ると、黒石が二階に布団を敷いていた。替えられたばかりのシーツが気持ちいい。横になると、ぐにゃっと体が溶けて形をなくしてしまえそうなほどだるいのに気がついた。

体は酷く疲れているのに、眠れない。一緒に布団に入った黒石と少し話をした。別に他愛もない話。『雨が止《や》んでるようだ』とか、『冷蔵庫が空だから、起きたら外にメシを食いにいこう』とか、『納豆以外ならなんでもいい』だとか、そんなどこの屋根の下でもなされているつまらない会話だ。

男二人にシングルの布団一つは狭い。布団の中で手足はぶつかり合い、自然と絡み合った。擽ったさに、白坂は笑った。そうこうしているうちに、借りたシャツの裾から大きな手が浸入してこようとして、『ダメ』と厳しく律した。手を引っ込める仕草が、しょげ返った犬のように思えて可笑《おか》しい。また笑いながら、逃げる素振りで背を向けると男の手は無埋に追ってきたりはしなかった。

遠慮がちにそろと手が回された。抱かれて心地いいと思う。もっと身を擦り寄せたいと思う。マーキングをする犬みたいに、匂いを擦りつけて自分のものだと主張ができればいいのに。

それで終われるほど、恋が単純であればいいのに――

「好きだ」

もう寝入ったと思ったのか、黒石の声は独り言のようだった。

「ホストの『好き』『愛してる』ほど信用できない言葉はないよ」

白坂は振り向かないまま応える。

「恋をするのは久しぶりだ。俺は…あまり恋愛の素質がないらしくて、自分から好きになった記憶がほとんどない」

「…ゲイで男好き、じゃなかったか？」

「昔……付き合ったのが男だった。中学のとき、告白した男だ」

気づかれただろうか。

不意打ちの言葉に、白坂は腕の中で一瞬身を強張らせた。飛び起きて振り返りそうになるのを、堪えなければならなかった。

——覚えていたんだ。

忘れていなかった。そりゃそうだろう。大した思い出じゃなかったとしても、あんな経緯でキスまでした相手となれば、よほどのバカでもない限り覚えている。

なのにどこか不思議な気がした。

あぁ、やっぱりあの黒石なんだと思った。

今、自分を抱きしめているのが、あのときの田舎町の中学生。自分が初めて…人を好きになり、そして恨んだ相手なのだと、白坂は噛み締めるように思った。

けれど、黒石にとってあれは罰ゲームで、恋愛とは無関係だったはずだ。

「…好き…だったたってのか？　そいつのこと」

「あぁ」

即答する男に、嘘つきと罵《のの》りたくなる。

「最初はゲームだったんだ。罰ゲームで負けて、なにも知らないクラスメート相手に告白の真似事《まねごと》やって…でもそいつ真面目に応えてくれたんだ」

「ふーん、ゲーム…ね。真に受けてバカな男だな」

「俺は感動した」

「え…」

「同性から告白されても、笑ったりバカにしたりしないで、ちゃんと考えられる人間なんてそうそういない。十四でなんてできた奴だろうって思った」

黒石は…過去の自分を美化している。

俺はあのとき、相手の気持ちを思いやったわけじゃない。単純に嬉しかっただけだ。自分でも人に好かれることがあるのだと、勘違いしただけだ。

本音を告げたくとも、言えない。白坂一葉だと、ここで打ち明けることはできない。

「人付き合いが悪くて、なんでかいつも下ばっかり向いてる奴だった。表情も硬くて、その…妙に暗くて、クラスの奴らに誤解されてたな。きっかけは成り行きだったが…俺はそいつを好きになった。付き合ったら、ますますいいと思った。真面目で努力家なところも、大人しいわりに負けず嫌いなところも気に入った」

いつもは無口な男が、熱に浮かされたように喋る。なにかに追い立てられるように、黒石は自分に対し昔話をする。

今井《いまい》一夜に対して。

白坂はただ焦るだけだった。布団の中で、男の腕の中で、身を硬くしながら言葉を必死で聞き取っている自分がいる。眠そうな掠《かす》れ声で相槌《あいづち》を打ちながら、頭をきりきり回転させている。

――好きだと。

嘘はついても、気持ちは本当だったというのか。

「…おまえ、恋愛の素質がないどころか惚《ほ》れっぽいんじゃないのか？　そ…んな理由で、惚れるなんて…」

「ずっと後悔していた。嫌われるのが恐ろしくなって、最初の嘘を詫びれなかったのを……そのまま離れ離れになって、嘘を知られて、連絡もつかなくなったのを」

白坂は息が苦しくなった。胸が圧迫される。そっと回されていた黒石の左腕に、自らの言葉に煽《あお》られたように力が籠った。

声が震えそうだ。

白坂は思わず尋ねてしまった。

「そいつに…会えたらどうする？　俺はもうやめとくか？」

黒石は沈黙した。

それから、息だけで苦笑した。

「…悪趣味な質問はやめてくれ」

「…そう…だな」

「今日は…おまえとたくさん話した気がする。自分の話ばかりしたな。一夜、いつか…いつかはおまえのことも話してくれ」

白坂はあまり自分の話をしていない。話そうとすれば、嘘で塗り固めていくことになる。

黒石は気づいている。隠し事のある自分に。ただそれを、ホストという特殊な職業に飛び込んでくる人間がときに持っている後ろ暗い過去だと思ってやしないか。

今井一夜に、過去なんてありはしないのに。

「一夜、もう寝よう。明日は店のシフトは入ってるのか？」

「あ…あぁ」

「そうか…」

黒石がまた少し笑った。

「明日じゃなくて、もう今日だな」

おやすみ、と言い合う。

白坂は目を閉じようとしてできなかった。あまり綺麗に整理されているとは言い難い部屋を、ぼんやり眺める。回されたままの片腕がやがて重くなった。黒石は本格的に眠りについたのだろう。

そっと腕を下ろしながら身を捩ると、眠っている男の顔が見えた。いつもどおり整っているが、少しだけ緊張の緩んだ寝顔。撫でてみたい衝動を堪《こら》えた。

窓のカーテンの隙間から降りた光が、頭上五十センチほどのところに迫っている。

明日はもう来ていた。なのに、昼夜逆転した生活を送るものたちはよく言葉を間違える。

今日が、昨日の続きのように思い込む。夜がまだ終わっていないのだと、信じたがる。

一度眠ってリセットするまで、明日はやってはこない。

眠れないのは、この夜を終わらせるのを恐れているからかもしれないと、白坂はふと思った。

喜びと悲しみ、上昇に下降、生きるのはそんなものの繰り返しだ。その中心で何事もなく、安逸としていられたらいいのに。平均値は数値で取れても、現実は上手くバランスなんて取れやしない。

どうしたって一点には留まれない。

◇ ◇ ◇

「一夜さん、後ろ髪、変になってんで？」

ボックス席で客の相手をしていると、傍を通りかかった犬森に指摘された。

出勤し、接客を始めてすぐだ。慌てて後頭部に手をやると、襟足の辺りが確かに触って判るほど奇妙に反り返っている。こしのあまりない栗色《くりいろ》の髪は、癖はつき難《にく》いはずなのだが、どうやら酷い寝癖がついているらしい。

「どないしたん？　いっつもキメキメやのに、らしないなぁ」

笑いながら犬森は自分のボックスへ戻っていく。

今朝…昼に自宅で目覚めると、鏡を見るのが嫌になっていた。顔を洗い、どうにか髪を整えたつもりだったが、横目で見る程度になってしまった。

発作的に嫌になったわけではない。五日前からだ。黒石の家に泊まった雨の夜、黒石に抱かれた夜から…白坂はじわじわと自分の変調を感じていた。

そしてとうとう、今朝起きたら鏡を直視できなくなっていた。

まるで、顔を変える前の自分のように。

「ホントだ跳ねてる、一夜くんらしくないね」

ネイルの輝く客の細い指が、擽るように襟足を滑る。

「後で直してくるよ」

「でも、いいわよねぇ、顔が綺麗な人は。髪型なんてちょっとぐらい変でも、美形に変わりはないもの。一夜くんだったら、坊主にしてきたってモテちゃうわよ」

「俺の頭じゃ坊主は無理だよ。わりと後頭部、絶壁気味なんだ」

急に客が溜め息をついた。

「はぁ、あたし綺麗な人のそういう発言嫌い。ここがそこがって、無理に自分の欠点探してさ、『はいはい、ブスのあたしのフォローしなくていいわよ』って言いたくなっちゃう」

どうやら地雷を踏んでしまったらしい。この客が容姿の話題になるとややこしくなるのを知っていた白坂は、しまったと思う。

お世辞にも美人とは言い難い客だった。普段は『自分の顔なんて鏡でも見なきゃ見えないじゃないのよ。それよりあたしは横に置いて眺められるものにお金をかけたいの』なんて、達観したセリフを言ってのける彼女だが、酒が進むと時折くだを巻く。

あちらは虚勢、こちらが本音なのだろう。

「美人は得よねぇ。黙ってたって男は寄ってくるし、努力しなくったって人に好かれるんだもの」

――そうやって卑屈《ひくつ》になるから、醜くなるんだよ。気持ちの醜い人間が、人に好かれるものか。

白坂は、自分でも意地の悪いことを考えると思った。

そんなものは所詮《しょせん》、己に自信のある者の詭弁《きべん》だ。気持ちまでもが醜くなってはいけないと頭で理解していても、心は簡単には矯正されない。それを誰より知っていたはずの自分なのに。

まるで違う世界に移り住んだかのように、彼女を客観視している自分がいる。

「だいたい、綺麗な人ってさぁ、所詮ブスの気持ちなんて判らないのよね。一夜くんだってさぁ…」

「俺、整形だよ」

スーツの肘《ひじ》を掴んで揺すった彼女の手が、ぴたりと止まる。

「え、ウソ…」

「嘘です。ごめん」

「なんだもう、びっくりさせないでよ。そうよね、整形の人が自分で言うわけないもんね。

ていうか、その冗談ちーっとも面白くない」

小言めいた彼女の話を、白坂はそれから延々と聞き続ける羽目になった。自分で火に油を注いだようなものだから仕方ない。

ふと顔を店内に向けると、向かい合わせのボックスに座った男がこちらを見ていた。黒石と目が合う。甘ったるいほどの微笑みを、男が自分に向けて送った気がした。もちろん、そんなものは気のせいだ。客にはその顔ができても、自分にはできないのが黒石だ。

けれど、この数日、黒石の機嫌がいいのは確かだった。今夜は特に上機嫌だ。互いにアフターの入りそうな客の予定がなく、帰りをこっそり共にする約束を交わしているから——などと、思うのは自惚《うぬぼ》れか。

あれは…おまえの好きだった中学生は、自分だったと告白したらどうなるだろう。

つまらない仮定ばかり毎日考える。

今更、戻りたいとでもいうのか。

過去の自分は捨てた。家族も知人も、写真の一枚すら残していない。白坂一葉は死んだ。あの事故で、林道の崖《がけ》っぷちから突き落とした。そう決めたはずだ。

なのに現実はどうだ。過去の復讐なんて始めた上、それすら大義名分、過去の男にまた惚れた。

そして、元の自分に戻りたいだなんて思い始めている。

頭が痛い。顔を変えたときは生まれ変わったみたいに、心が晴れやかになったのに。あの日が、遠い昔のようだ。どうして一点に留まっていられないのだろう。絶頂も絶望もいらない。

ただ、今は穏やかな気持ちで過ごしていたいだけだ。


明け方、眠りについてすぐに夢を見た。

どうしてもネクタイが見つからない夢だ。白坂にとっては、よくある夢のパターンの一つだった。ペンケース、教科書、靴に時計、子供の頃から夢の中で様々なものをなくしては探し回った。

それは、いつも見つかりそうで見つからない。ときには家さえもなくしてしまい、道に迷って延々と自分の家を探した。

疲れる夢だが、慣れている。

いつもの夢。白坂はよく夢の中でも、それを現実ではないと認識していた。

ネクタイを探すのを諦め、そのまま店へと出勤した。夢の中だから仕事なんかせずに遊んで過ごせばいいのだが、すべてが思うようにならないのが夢だ。思考がいちいちクリアでなく、矛盾に気づけない。

『おはよう』

夜も更けた歓楽街を闊歩《かっぽ》し、店に辿り着く。

ネオン看板が鈴なりのビルに入れば、行き先は五階だ。自分の写真が、店内に一際大きく飾られた店だ。

店のドアを開け、犬森が出迎えた。

『アンタ、誰？ 悪いけど、うちは男のみの入店は断ってんのや』

『…は？ なに言っててんだよ、俺だよ、一夜だよ』

『なに言うてんの、一夜さんはベッピンさんやで？ アンタみたいな不細工ちゃうわ』

間抜けな押し問答を繰り返し、自分の顔が元に戻っていると気がつく。

大変だ。

腑抜《ふぬ》けた頭で考える。理不尽さに頭が回らないのが、夢というもののおかしなところだ。

白坂は必死になって、自分は一夜であると証明しようとした。免許証を取り出す。意味がない。写真は一夜だ。けれど、自分の顔は一夜ではない。

『違う、整形でっ…』

『ほぉ、おまえの顔は整形だったのか』

犬森の顔が、いつの間にか片桐《かたぎり》に変わっていた。嘲笑《ちょうしょう》され、白坂は唇を嚙む。

『なんだ、ホントに整形だったの？ 幻滅。指名、外してくれる？ 整形は永久指名外す理由になるかしら？』

隣で、昨夜の客が笑っていた。

そして、反対隣から――

もう長い間、本物も幻聴も聞いていない声が聞こえた。

『一葉、気持ち悪い顔で、こっちを見ないで』

母だった。父の四十九日以来会っていない女は、あの日最後に見た黒色のワンピース姿で立っていた。憎悪に満ちた目で自分を見る。

『母さん…』

白坂は驚いて後退《あとずさ》った。

一歩。二歩。なにかにぶつかる。背中に記憶している温かい感触、誰かの胸。

振り返ると、黒石がいた。

『黒石、オレだよ！』

『誰？』

『俺だよ、白坂一葉だよ！』

顔が戻ってしまったことなど、どうでもよくなっていた。黒石ならば、喜んでくれると思ったからだ。『一葉』に戻った自分を受け入れてくれる。

黒石は首を振った。

『おまえは、一葉なんかじゃない』

『え、だって…』

『それが、一葉の顔だっていうのか？』

白坂は振り返った。にやにやと笑っている三人を押し退け、店の中に飛び込んだ。店内の壁一面の大きな鏡に、自分の姿を映し出す。

ネクタイどころか、『顔』のない自分が立っていた。


目覚めは最悪だった。

「…はっ、こんな夢見るかな」

思わず笑うしかなかったほどだ。

よりによって、のっぺらぼうはないだろう。

手のひらで顔を撫で下ろす。額、首筋には嫌な寝汗をかいていた。首筋の汗は鎖骨《さこつ》を通って胸まで落ちそうな気さえする。白坂はなにも身につけておらず、裸だった。店が終わった後、連れ立って帰った黒石の家に泊まっていた。

今何時だ？　まだそんなに長くは眠っていないはずだ。

カーテンの隙間から覗く光が、朝のものか昼のものかは判らない。時間の判るものを探し、ぐるりと部屋を見渡せば、布団の隣で黒石が自分をじっと見つめていた。

「一夜、どうした？」

男は片肘をついて身を起こす。

「わ、悪い…起こしたか？」

「いや、別にいいが、急に跳ね起きたから驚いた」

「ちょっと…嫌な夢を見たんだ」

「どんなだ？」

起き上がった黒石は、枕元にあったタオルを手に取ると、白坂の汗を拭い始めた。眠る前にも、抱き合ってうっすら汗ばんだ体を拭《ふ》いてくれたものだ。

世話を焼かれながら、白坂は乱れていた鼓動が落ち着きを取り戻していくのを感じた。

夢の内容は言えない。『顔』をなくした夢だなんて、話せない。

「客が…みんな指名替えたいって言い出す夢」

「はは、そりゃ悪夢だな」

黒石が笑った。久しぶりの声を立てた笑いに、目尻《めじり》に微かな皺が浮かぶ。普段は硬い表情が和らぎ、そのときにだけ浮かぶこの優しげな皺が、白坂は中学の頃から好きだったのを思い出す。

「安心しろ、ホストは永久指名なんだから、そう簡単には替わらない」

「…それもそうだな。疲れた、寝る」

「そうしろ、まだ八時…」

男の声が途切れた。自分がそうさせた。もう寝ると言いながら、黒石の首に腕を回して身を寄せたからだ。

急に抱きついた自分に、黒石は驚いているようだった。それはそうだろう。今まで、甘やかされても、自分から甘えるような真似はしたことがない。

「一夜、どうし…」

どうしたのか、と問おうとしたのだろう。

けれど、黒石はそれ以上なにも言わなかった。まるで、尋ねても自分が答えられないと知っているかのようだった。自分でもどうして縋りついているのか判らない。どうして、こんな夢を見るのか——元に戻りたがっている自分が、潜在意識に住み着いているのだとしても、のっぺらぼうだなんて悪趣味だ。

夢の中でまで『一葉』の顔が思い出せない。顔以外の記憶ならいくらでも探り出せるのに。

黒石が見ていた自分の顔はどんな顔だったのだろう。

二年半前に捨ててしまった自分に思いを馳《は》せ、小さな溜め息をつく。

背中にそっと回された手が、酷く優しかった。

その日は、互いに出勤前の同伴があり、午後三時には丘の上の家を出て別れた。

『今度、俺が同伴してもらおうかな』

別れ間際、出勤前のデートを仄《ほの》めかした冗談を言うと、黒石は少し嬉しそうにしていた。

目尻に白坂の好きな皺が浮かんだ。

こんなふわふわとした空気感は初めてだった。いや、初めてではない。まるで中学の頃……あの夏休みや、その後の転校までの穏やかな関係をなぞっているようだった。

秋の風が心地いい。

ボタンを外したスーツの上着が、風を孕《はら》んで翻る。

白坂は颯爽《さっそう》と街を歩いた。秋晴れの空はビルの谷間を青く塗り潰し、道行く人々を優しく暖かな光で照らしている。昼の光景は、夜を中心に生活している白坂には、きらきらと輝いたものに見えた。

なにも不安がることはない。こんなにも世界は平和だ。自分は満たされている。

これ以上を求めなければ、なにも失いはしない。思い出を共有する白坂一葉として、黒石の前に立ちたいだなんてくだらない欲をかかなければ、このままでいられる。

本当のことを知られれば、幻滅されるだけだ。

今までどおり、秘密にしていればいい。

気持ちが固まれば、不安も薄れてくる。待ち合わせの場所に辿り着いた白坂は、やってきた客と少し早い夕食に向かった。中華には珍しいウエイティングバーのある店に向かい、食事とゆっくりと味わう酒を楽しんだ。

のんびりと時間を過ごし、客とともに出勤したのは十時少し前だった。さっと見渡した店内に、黒石の姿はまだなかった。

「一夜さん、ちょっと」

客とついたボックス席に、新人の男が寄ってくる。

「なに？」

「奥にお客さんが」

「客？　俺に？」

奥というのは、ボックス席の場所などではなさそうだ。控え室か事務所のことらしい。そんな場所で待つ客など知らない。

男が耳打ちした名に、白坂の顔色は変わった。

「随分待たせてるんで、機嫌悪いんですよ。今店長も出かけてるし…早く行ってもらえますか？　今日は同伴だから、いつ来るか判らないって言ったんですけど…」

その場をヘルプで入った男に任せ、白坂は裏に回った。通路を急ぎ足で過ぎる。

その客は、事務所の小さな応接ソファで一人踏ん反り返っていた。

「よぉ、『プラチナ』のナンバーワンホストさん」

シルバーリングが密集した指で煙草を挟んでいるのは、金崎新二だった。

事務所は酷く煙っていた。灰皿には男がいらついて吸い続けたと見える煙草が山を成している。

「どなたでしたか？」

金崎と対面した白坂は、冷然と言い放った。

「うわ、すげぇご挨拶。『K』のシンだよ、部長の金崎新二」

「あぁ…先日はどうも。黒石なら、まだ来てないようですよ。同伴みたいですね」

「篤成に用なんかねぇよ。おまえに用があって来てんの。うちの店にホストが足りない話、聞いてんだろ？　系列店のよしみでおまえを譲ってくれる話があったらしいのに、断ったそうじゃねぇか」

その話か。

白坂は少しばかりホッとした。金崎が自分を訪ねてきているというから、なんの用件かとひやりとさせられたのだ。

「その話でしたら、すみません。俺にはこの店が合ってますんで遠慮させてください」

ソファに腰も下ろさないまま応える。

店まで来られても、目の前の男と働く気は毛頭ない。八重歯を覗かせ、愛想笑いを浮かべる男の本質を、嫌というほど知っている。三つ子の魂百まで。金崎がそうそう性格を変えているとは思えない。

今夜もチンピラじみた格好の男は、煙草を吹かしながら食い下がった。

「『K』のほうが箱《はこ》がデカイんだぞ？　うちは『プラチナ』以上に売上至上主義だからな、売れれば還元率だってデカイ」

「今の待遇に満足してますので」

「頼むよ、来てくんない？　店長から確実に売れる奴入れろって命令されちゃってんのよ。うちの店、集客はいいけど、客の年齢層が低めだから最近売上落ちてんだわ。ぶっちゃけ、年増《としま》の太客《ふときゃく》呼べるホストが欲しいわけ。おまえ、客数より一人の客が落とす額がすごいらしいじゃん。篤成を抜いただけのことはあるね」

畳みかけられても、気はぴくりとも動かない。褒める言葉も胡散臭《うさんくさ》い。見下した顔で「こんなタイプ』と自分を評したくせして、よく言える。

白坂は拒否する態度を崩さなかった。

「わざわざ来てもらったのに、期待に添えなくてすみません。客を待たせてますんで。失礼します」

丁寧だが、二の句は継がせないはずの言葉で締め、閉じたドアのノブに手をかける。

「あのさぁ」

がたん。大きな音に驚き、白坂は振り返った。ゴム底のブーツの足を、踵で蹴りつけるような勢いで、テーブルの上に男は投げ出した。

「俺もさ、暇じゃないんだ。そんじゃ、もっとすぱっといくわ、すぱっと」

薄い唇が歪む。

金崎は寒気のする笑いを浮かべて言った。

「お久しぶり、白坂一葉くん」

目の前の景色が一瞬にして歪んだ。

絶頂から絶望へ、自分がまっさかさまに落ちていく瞬間を白坂は目《ま》の当たりした。

あぁ、やっぱり…と思った。

一点になど、留まれない。


「まぁ、一夜さんはもっと大きい箱に移ってもおかしないとは思っとったけど…大丈夫なん？　そこでみんなと仲ようやっていけるん？」

『やっぱ心配やわ』と言う犬森は、まるで我が子を送り出す母のようだ。

白坂の移店があと数日に迫った夜だった。

明け方まで営業している定食屋で、店を上がった後犬森が奢《おご》ってくれた。

「もっとええもん奢れたらよかったんやけど、俺の給料スズメの涙やし、嫁に小遣い制にされとるし、カンニンな？」

「店を出ていく俺のほうが礼をするべきなんじゃないのか？」

アジの開きを突きながら白坂は返す。

昔ながらの商店街などには必ず一軒はありそうな、垢抜《あか》けなさがどこかほっとする定食屋だった。隣のテーブルでは、同じく仕事帰りらしいキャバクラ嬢三人組が、化粧も崩れきったくたびれた顔で仕事の愚痴を言い合っている。

「良平《りょうへい》には本当に世話になったよ。今度なにか礼をさせてくれ」

「ほんま？　そやったら、お祝いくれへん？」

「祝い？」

「うん。あんな、もうすぐ赤ん坊生まれるんや。あ、もうすぐいうても来年二月な。嫁の体の調子も悪かったたし、今まで黙っとったんやけど」

「赤ちゃん…すごいじゃないか！　父親になるのか、すごいな。あぁ、もちろんお祝いはさせてもらうよ。たっぷり弾ませてくれ」

「はは、楽しみやな。俺ももっと指名集めて、稼ぎもようならんと」

照れ臭そうに笑った犬森は、がつがつと箸《はし》で親子丼《おやこどん》を掻き込む。

「一夜さんは、ほんますごいわ。系列いうても、一年やそこいらでよそから引き合いがくるやなんて。会社やったら栄転みたいなもんやろ？」

「さぁ…どうなんだろ」

二年半前には、リストラされ就職活動で三十社失敗。そんな自分が、たとえホストでも栄転なんて奇妙な話だ。

店の誰もが、望んで移店するものと思っている。あの片桐ですら、『移店するぐらいならホスト辞めるって豪語したのはどこのどいつだ』と、複雑そうな顔で言っていた。

一ヵ月前、金崎が店を訪れた夜から、すべては一変した。

『すげぇ化けようだな』

金崎は言った。あの瞬間の心臓が凍りつくような衝撃は、思い返すだけで今でも体が冷たくなる。

最初に会ったイベントの夜から、金崎はずっと気にかかっていたのだと話した。つい最近、田舎《いなか》の仲間と集まる機会があって、『今井一夜』の名前を出してみたら、高校時代に同級生だったという男がいたこと。しかし今井一夜は身長百八十、横幅も一メートルの巨漢で、今でもときどき田舎で姿を目撃すると証言されたこと。普通なら同姓同名の他人と思うところだろうが、珍しい名前と偶然すぎる一致。余計に引っかかったのだと金崎は言った。

詳しく調べてみれば、今井一夜の同い年の従兄弟《いとこ》は白坂一葉。二年以上前に交通事故を起こし、失踪していることまで突き止めたのだと、勝ち誇った顔で説明した。

「これ、そんときの傷？」

近づいてきた男は、顎《あご》の下に残った唯一の事故の傷痕《きずあと》を、ヤニ臭い指の先でなぞった。

にやにやと下卑た笑いを、男は隠しもしなかった。

「おまえ、なにやらかしたのかなぁ？」

整形とはっきり言わないところがいやらしい。金崎らしい。なにがその場で相手の最も嫌がることか、察するのに長《た》けている。それもまた一つの才能か。

「篤成は知ってんのかなぁ、そのこと」

まるで脅迫だ。

「…下劣な男だな」

金崎はにわかに表情を変えた。突き刺すような視線で、白坂を睨み据えた。

「おまえはそうじゃないとでも？　昔っからおまえのそういう、『僕はほかの人と違います』みたいな態度にゃ反吐《へど》が出そうだぜ。とにかく、そういうことだ。これ以上詳しく調べ上げられて余計な話されたくなかったら、俺の店に来な。待遇は悪かないんだ、文句ないだろ」

そう言って、両手で肩をバシリと叩いてきた。

ずしりと両肩が重い。あの一ヵ月前の感触がまだ肩に残っている気さえする。

犬森のおかげで、沈みがちな気分が少しだけ浮上した。早朝七時前、夜明けの遅い時期。街が真夜中より暗く沈んで見えるのは、ネオンが消えた時刻だからだ。昼も夜も賑《にぎ》わしい街は、束の間の休息時間を迎えていた。

歌舞伎町《かぶきちょう》のシンボルである一番街のアーケード付近で犬森とは別れ、白坂はタクシーを拾う。千円札一枚で足りる距離のアパートまでは、乗ってしまえばすぐに着く。

アパートでエレベーターを降りた白坂は、通路に人影があるのにすぐに気がついた。

自室の前に大きな影。黒石が立っていた。

「黒石、どうして…」

黒石は店で見たスーツ姿のままだった。車で送り迎えをしてもらったのは何度かあるが、黒石が部屋の前まで来たのは初めてだ。

「店が終わったら話したいと思ったんだが、いつの間にかおまえいなくなってたんで、来てみた。携帯も鳴らしたんだが、気づかなかったか?」

「あぁ…悪い、帰りに良平がメシに誘ってくれて…気づかなかったな」

どうしても歯切れ悪くなる。犬森と一緒だったのは本当だが、携帯電話の着信に気づかなかったのは本当ではない。

嘘だった。気づいていて無視したのだ。今夜だけじゃない、このところ何度も。黒石だって判っているはずだ。だからとうとうこんなところにまで来たのだろう。

移店を決めて以降、白坂は黒石を避けていた。単純に忙しくなったのもある。客の一人一人に移店を伝え、懇意にしてもらってきた客にはすべて会って伝えた。メールや電話一本で済ませる気にはなれなかった。

けれど、それも黒石を避けるための口実だったのかもしれない。

黒石は納得していない。

「おまえ、本当に『K』に行きたいのか？」

玄関の鍵を開けると、傍らで問う。

「あぁ。そうだって何度も言ってるだろ」

「理由はなんだ？」

白坂は聞こえよがしな溜め息をついてみせた。

「とりあえず、中に入ってくれよ。こんな場所で朝っぱらから立ち話は近所迷惑だろう？」

薄々感じていたのかもしれない。平穏に話は終わらないと、たぶん感じとっていた。少し重いドアを開け、黒石を先に促す。

「どうぞ。散らかっては…ないと思うけど」

元来几帳面《きちょうめん》な白坂は、あまり部屋を汚したりすることがない。おまけにこの家には本当に睡眠のために帰るばかりで、寛《くつろ》ぐための雑多な物の数々がない。ようするに、生活感がないまま入居八ヵ月だ。

まだ暗い部屋に電気を点すと、１ＬＤＫだが酷く横長いワンルームに見える部屋を、黒石がさっと見渡した。物が少ない分、広く見える。

「随分、綺麗に暮らしてるんだな。よさそうな部屋じゃないか」

「そう？　まぁ、この時間と昼はね。夜来たらびっくりするよ」

ブラインドを上げたままの窓の向こうには、ネオンの落ちたラブホテルの看板が見える。空はうっすら青みがかってきていた。

「なにか飲むだろ？　ビール？　コーヒー？　あとは…水ぐらいしかないけど」

覗いた小さな冷蔵庫はほとんど空に等しい。満杯になったこともない。ミネラルウォーターのペットボトルを目にしながら、後ろに突っ立ったままの男に声をかける。

「いや、俺はいい。話がしたいだけだ」

「あぁ…話ね。理由、だったな」

冷蔵庫を閉め、振り返る。白坂は少しばかり何様とも取れる口調と、嬉しくてならないといった表情を見繕って応えた。

「箱が大きいからさ。もっと自分を試してみたくなったんだ。どこまで通用するのか、どこまで上れるか。ホストなら誰だって一度ぐらい考えてみるだろ？　チャンスが回ってきたんだよ、俺にも」

準備していた言葉は、すらすらと紡ぎ出せた。表情だって完璧《かんぺき》のはずだ。今自分はきっと向上心に満ちた男の顔をしている。

黒石は黙っていた。ただ、真っ直ぐに自分を見下ろしていた。その眼差しの前では誤魔化しは利かないような気がしてきて、白坂は俯《うつむ》きそうになった。

人の目を見れなかった昔のように、視線から逃れたくなった。

互いに言葉をなくして黙り込んだ時間は、一分かそこいらのはずだけれど、ずっと長い時間に感じられた。息苦しい、閉塞感《へいそくかん》。黒石は前ぶれもなく口を開いた。

「一夜、俺はおまえが隠していることを話してほしいと思っている」

いつか黒石が言うのではないかと感じていた言葉だった。

「……隠すって…なにを？」

「それを話してほしい。俺はずっと待ってる」

「待…たれたって、なにもないものは話せな…」

「俺は無理におまえを抉じ開けるようなことはしたくない。だから昔のことも尋ねないでいた。おまえがいいと思うまで、知らん振りをしていようと考えていた」

真摯な言葉だった。

――判ってる。おまえはそういう男だ。駄目だと言えば、セックスだって最後までせずにずっと我慢しようとするような男だった。

同じ世界にいても、金崎とは違う。

なのに、打ち明ける気になれないのは、軽蔑《けいべつ》されるのが怖いからか、つまらない見栄《みえ》からか。

開け、開け。白坂は自分に命じた。

口を開いてすべてを話せ。

言葉を声にして、心を――

「なにも隠し事なんてない」

飛び出した言葉は、白坂が望んでいるものではなかった。開こうにも、心のドアは鍵さえ見つからない。隙間さえ、開けられない。

「黒石も大概しつこいな、何度も言わせないでくれ。移店は自分を試したいだけだって言ってるのに。今の生活に飽きただけだよ」

男はふっと小さく息をついた。思いもかけない話を始めた。

「だったら俺と来ないか？」

「え…？」

「俺はもうしばらくしたら、店を辞めるつもりだ。言ったよな、ずっと…これからどうすればいいか、決めきれずにズルズル働いてきた。だが、やっと決心がついた」

今夜会って初めて、黒石が表情を緩めた。微妙にはにかんだ顔をした。見ていてむず痒《がゆ》くなるような、黒石には不似合いな表情だったけれど、白坂は好きな顔だと思った。

「バーを始めてみようかと思ってる。ボーイズバーなんかじゃない。ホストは関係ない、普通のバーだ。一緒にやらないか？」

黒石と始める店を想像した。

その一瞬の中で、白坂はグラスを磨いていた。ワイングラス、カクテルグラス、コリンズグラス。カウンターの中で磨き上げる。無頓着《むとんちゃく》なところのある黒石には、そういうのは向いていなさそうだからだ。

いや、オーナーの仕事は開店の準備じゃないのか。

疑問を覚えた途端、我に返る。

黒石の誘いは嬉しかった。けれど、到底実現は不可能だ。

黒石と一緒に店を始めるからホストは辞める、などと言い出せば、あいつはどんな行動に出るか判らない。嘘をついても、金崎はきっと怒って自分を捜し出すだろう。

そして、きっと自分の弱みを突く。ズタズタになるまで、突いて壊す。

黒石になにも知られずにすむには、結局距離を置くしかないのだ。

「…嫌だよ。そんなの、ホストに比べたらちっとも儲《もう》からないじゃないか」

白坂は震えそうになる手を、上着ポケットに突っ込んだ。苦し紛れに指先に触れた煙草のボックスを取り出した。気を落ち着けなければ、少しでも静めなければ——言えるはずがない。

白坂はなかなか点らないライターを、必死でカチカチ鳴らせた。

「…もうやめよう。飽きたんだ、今の店だけじゃなくて…おまえにも」

黒石が驚いたかどうか判らない。顔を見れなかった。

自分は臆病《おくびょう》で、実際酷い男だ。本当のことを知られたくないばかりに…自分を保ちたいばかりに遠ざけようとしている。

「だって、恋愛は…別に永久指名制ってわけじゃないだろ？」

気の利いたセリフでも言ったつもりか。自分で自分を腹の内で罵り続けた。

「かず…」

名を呼びかけ、黒石は言葉を切る。

「判った。おまえがそう言うなら」

また泣くんだろうか。黒石は自分のために泣いたりしてくれるんだろうか。

傷つける言葉を吐いておきながら、そんな風に一瞬でも考えた自分が嫌だった。ガタイがよくて男らしくて、たとえどんなに屈強な姿をしていたとしても、心は柔らかい。体の中まで鋼でできた人間などいないのに。

「黒石…」

ぽっと小さな炎が点る。顔を上げかけた先に、スーツに包まれた男の腕が伸びる。ライターを点す黒石の動作は、するりとした無駄のない動きだった。

唇が震えて止まらない。煙草に火を点すと、黒石は『じゃあ』と短い言葉だけを残して背を向けた。部屋から去っていく男を追い出したのは自分なのに、白坂は捨てられたみたいに突っ立っていた。

一度も吸わないままの煙草が、指の先で燃え尽きていく。灰が崩れるのに気がついて、小さなテーブルの灰皿で磨《す》り潰した。

体を投げ出したソファが、激しく軋《きし》む。悲鳴を上げる。クッションを抱いて、白坂は窓越しの藍色《あいいろ》の空を見上げた。部屋の明かりを反射する窓には、自分の顔も映っている。

醜い顔だと思った。

白坂はクッションを投げつけた。

今の自分は、きっと誰より醜い。

◇　◇　◇

吹きつけてきた寒風に、ぶるっと身を震わせた。

近頃《ちかごろ》は冬が暖かくなったといっても、コートのまったくいらない冬などない。羽織らずに通りに出てきてしまった白坂《しらさか》は、見送る客の乗ったタクシーが走り去るなり、激しく震え始めた。みっともなく歯の根をガタガタ鳴らすわけにもいかずに耐えていたが、寒いものは寒い。

二月の空気は冷え込んでいた。

白坂が店を移って三ヵ月ほどになる。

通りが一本や二本変わっても、夜の喧騒《けんそう》にそう変化はない。凍える白坂は早く店に戻ろうと身を翻す。

ビルに飛び込んだところで、奥の非常階段口の前でなにやら揉《も》めている声が聞こえた。

「やだっつっても、おまえが金払えないっつってんだからしょうがないだろ。こっちは慈善事業やってんじゃねぇんだ」

金崎《かねざき》だ。肩を軽く小突かれた女は俯《うつむ》き、泣いているみたいだ。しゃくりあげる声が、エレベーターを待つ白坂の元にも響いてくる。

「逃げたら承知しねぇからな。沈められたくないなら、ツケた分とっとと払え」

店への借金の話らしい。掛《か》けで飲んだ酒代が数百万と溜《た》まって返せなくなり、結果、風俗で働き出す客は珍しくない。自主的に働き出すならまだいいが、働かされる場合もある。後者なら職業安定法違反。

見つめていると金崎がこちらに気づいた。さっさと上がれ、と追い払うように手を振る。

やってきたエレベーターに乗り込んだ白坂は、憂鬱《ゆううつ》になった。『K』は優良店とは言い難い。三ヵ月もいればだいたい見えてくる。金崎のような斡旋《あっせん》行為は、表立っていないだけで、日常的に行われている。もしかすると、金崎などは最初から斡旋目的で客にツケ払いを勧めているんじゃないだろうか。

無理に飲まされているわけでも、未成年でもない。自己管理の甘い客も自業自得、彼女たちも警察沙汰《ざた》は望んじゃいない。

とはいえ、見ていて不愉快だ。系列店でも、以前の店はもっとマシだった。店の掛け売りの取り立てはしつこいが、それは担当ホストに対してだ。

掛けが回収できなければ、担当が自腹。結果、担当から客への取り立てが厳しくなるのは同じで、風俗に流れる客もいるのだから、五十歩百歩だろうか。

――嫌な店だ。

金崎のいるいないにかかわらず、白坂はこの店が好きになれないでいた。

「一夜《かずや》さん、こっちや！」

店に戻ると懐かしい顔が、手招く。店の奥のボックス席には、アユミとリエを連れた犬森《いぬもり》が遊びにきてくれていた。さっき客を送りに出る際に、入れ違いでやってきたのだ。

今日は休みらしく、私服でストリート系のレザーを利かせた格好をしている。無事子供が生まれたとの知らせも受け、出産祝いはなににするか迷って商品券を贈った。

「ここの払いに消えたら意味ないぞ？」

白坂は心配になって言う。

「わかっとるて。そやから高い酒はアユミさんたちに入れてもろうて？」

「ちょっとぉっ！　男一人じゃ店に入れないからとか言って、それ目当てでうちら呼んだんじゃないでしょうね⁉」

「まぁまぁ、アユミも久しぶりに会いたいって言ってたじゃない」

リエはこの店に時折顔を見せてくれているけれど、ほかの二人に会うのは久しぶりだ。

「どんなもん？　ようやっとる？　ほんまデカイ店やなぁ、『プラチナ』の倍はあるんとちゃうん」

ハウスボトルの安酒を飲みながら、犬森が店内を見渡す。黒と壁の剝《む》き出しコンクリートの灰色が基調の店は、席数も多く働くホストの数も元いた店の五割増の人数だった。

「一夜くん、この店でもずっと上位なのよ」

「へぇ、そうなの？　あたしはやっぱり天職を紹介したってわけね」

『プラチナ』のお客さんが来てくれてるだけだよ」

休日に行くはずだった場所はなくした。特にすることがない。することがないから、自然と客へのサービスもマメになる。さすがに冬はゴキブリ退治の出張はなかったけれど。

「そんなん言うて、またごっつ頑張っとるんやろ？　なんや一夜さん、少し痩《や》せたんとらぁう？　あかんよ、それ以上痩せたら。ガリはようない。やっぱ人間はごつごつせんと、こう抱いたときにこの辺がふにゃっと柔らかいのが…」

「リョウちゃん、それ女の話でしょ？」

アユミが突っ込みを入れ、あははと笑う。合わせて笑い、白坂は水割りを作りながらさり気なく口を開いた。

「店のみんな、元気？」

「ん、元気元気。京吾《きょうご》さんが相変わらずやから、せっかく入った新人が飛んでしもうたけど。ほんっま、あの人難儀やわ」

「片桐《かたぎり》さんか…あの人の性格はそうそう変わらないと思うな。で、ほかのみんなは…」

「今日、また何人か面接来るんやて」

「へぇ…そうなんだ。そういえば、あいつはどう…」

「急いでまた人増やさんと。ええ奴入るといいけど。こないだ三日で飛んだ奴なんか、『キャッチって外でやるんですかぁ？　寒くないですかぁ？』やて」

「それは…酷《ひど》いな。それで…あのさ、黒…」

「はぁ、篤成《あつなり》さんまでおらんようなって、大丈夫なんやろか」

マドラーを回す手が止まる。もっとも聞きたい名がようやく飛び出してきたというのに、白坂は間の抜けた顔になった。

「…え？」

「なんやそない驚いて、もしかして知らんの？　一夜さん、篤成さんと仲ようなっとったからてっきり…」

「彼、田舎《いなか》に帰るんだってよ。今月いっぱいだったかな。友達が指名してたから、がっかりしてた」

「田舎に？」

白坂は最後に二人で交わした会話を思い返す。

ショットバーを始めたいと言っていた。あれは誰にも教えてないんだろうか。普通の店にしたいと話していたから、客を引っ張っていくような真似はしたくないのかもしれない。

黒石《くろいし》らしい。そう考えると同時に、もしかしてとも思う。

本当にこの街を出るつもりなんじゃないだろうか。店を始めるにしても、都内でやるとは一言も言ってない。

それに、こんなに早くに現実になるとは思っていなかった。

「一夜さん？　一夜さん、どないしたん？」

「あ…あぁ、悪い。これ、おかわり」

「おおきに。一夜さんが作った酒飲むのも変な感じやなぁ」

笑ってグラスを受け取ると、犬森は言った。

「篤成さんのこと、気になるんやったら電話でもしたったらええ。引退でえらい忙しいなったみたいで、疲れた顔しとったわ」

「…優しいな、おまえは」

「そお？　そない真面目《まじめ》な顔で言われたら困るわ」

頭を掻《か》く犬森を、アユミたちが照れてると言ってからかう。

本当に気のいい男だ。いくら疲れていても、あの黒石がぱっと見で判《わか》るほど顔に出しているとは思えない。よく周囲に気を配っているから判るのだろう。

「そや、篤成さんの引退イベントが月末にあるんやった。よかったら顔出したって。って、俺が言うのも変やけど」

白坂は曖昧《あいまい》に笑って頷《うなず》いた。自分が黒石を気にかけていると知って、教えてくれているに違いない。

けれど、行けるはずがない。あんな酷い言い草をして別れたのだ。許されていいわけがない。

三ヵ月はあっという間だった。歩いて五分とかからない距離に、互いに働いているはずなのに、顔を合わせることもない。

一度だけ――――一度だけ、一方的になら見かけた。黒石は客と一緒だった。こんな街の通りでなければ、恋人と見紛《みまが》ってもおかしくないほどいい雰囲気だった。コートを着ていても細い小柄な女の腕が、黒石の腕に絡んでいた。見上げる女の顔は幸せそうで、見下ろす男の顔もまた優しげだった。

白坂はそれを、ピンクサロンの看板の陰に隠れて盗み見た。胸が潰《つぶ》れそうに軋《きし》んだ。あの腕にもう自分は触れることもできなくて、ましてや…あの、笑ったときにだけできる目尻《めじり》の皺《しわ》を目にする距離にも近づけない。客さえもが羨《うらや》ましく思えた。

自分の選んだ距離を思い知った。歩き去っていく二人の背後をそっと追おうとして、しようとしていることの異常さに気がついた。立ち竦《すく》んだ白坂は、ただ見送るしかなかった。

――――もう、会えないのだろうか。

この三ヵ月間、一日たりとも忘れなかった男を思う。

もう、永遠に失ってしまうんだろうか。

犬森やアユミたちの話に耳を傾けながら、白坂は何度も何度も考えた。

もう失っているのに。もう、取り戻せやしないのに。

過去の過ちを振り返るときはいつもそうだ。失った時間を巻き戻し、意味のないシミュレーションを頭の中で繰り返す。ああすれば、こうしてれば。戻れたところで、正しい選択などできもしないくせに考えてみる。

表面上はいつもの自分を装いながら、胸の中は常に後悔でいっぱいだ。

「枕《まくら》お断りって、おまえ自分を何様だと思ってんだ？」

売上の締めの月末と金曜が重なり、その日の店は混雑していた。キャバ嬢からＯＬ、女社長からお嬢様までもが集い、担当ホストの売上を伸ばしてやろうと高い酒の注文が飛び交っていた。

客が一人帰った後だ。店の裏手の従業員用トイレで用を足し、戻ろうとしたところに金崎が入ってきた。目的は自分だったらしく、肩を引っ摑《つか》まれいきなり絡まれた。

「何様って？　ただのホストだよ、男娼《だんしょう》だとは思っちゃいない」

担当客の愚痴が金崎に伝わったらしい。昨夜アフターでホテルに誘われたが、断った。けれど、やんわりと角が立たないよう避けたつもりだ。ずっとそうやって避け続けてきたのだから、今更揉め事に発展するようなヘマはしない。

洗面台で手を洗う白坂は鏡を見る。鬼の首でも取ったかの形相で、背後に映る男は自分を見ている。

「客に恥かかせやがって」

「そんなつもりはない。あの客…金崎の客の枝《えだ》だったよな。なんでわざわざ俺を指名すんの？　おまえか、おまえのヘルプの連中指名するのが普通じゃないのか？」

男は目を逸《そ》らした。

「ふん。これが原因で売上落ちてみろ、シメるぞ」

『覚えてろ』と、あと一歩でお決まりの捨て台詞《ぜりふ》でも吐きそうな言い草だ。金崎は洗面所を出ていく。荒々しく開けられたドアが壁に跳ね返った。

客の誘いに乗っても乗らなくても、難癖はつけられたのだろう。店に入ってからというもの、金崎はなにかと突っかかってくる。自分で入店させておきながら、まるで店をうろついているのが気に入らないとでもいうように。売上が悪ければそれを槍玉《やりだま》に挙げるだろうし、売上がよくても面白くない顔をする。

自分のなにがそれほど気に入らないのだろう。昔から金崎はずっとそうだ。

白坂は店でなにを言われても、ただ我慢し続けていた。

胃が痛む。蛇口を閉めた瞬間、差し込む痛みが走った。

「くそ…」

腹を押さえてやり過ごす。今日は忙しい。早く戻らなければならない。

どうにかフロアに戻り、二組の担当客が帰った後の深夜一時半頃だった。ふと見渡すと、ヘルプもつかず客が二人でポツンと取り残されているテーブルがあった。いくら月木とはいえ、あってはならない状態だ。

声をかけてみる。新規客だ。ボックスに入ってみると、まだ気は悪くしていなかった。こんなものかと思っていたらしい。

「ホストクラブって初めてなんです。向学のために一度覗《のぞ》いてみよっかって感じで〜」

「会社の飲み会で終電逃しちゃって、勢いでふらっと〜」

OLらしき二人組。仲のよい先輩後輩といったところか。腕を組み合いほろ酔い加減の二人は、一人はまだ二十歳そこそこと若いが、もう一人はかなり年上のようだ。

「月末は混《こ》み合っててすみません。ゆっくり遊ぶなら、月頭がオススメですよ。あ、挨拶《あいさつ》を忘れてました。一夜といいます、よかったら…」

名刺を差し出す白坂の顔に、客があっとなった。

纏《まと》め髪の年上の女のほうだ。

「あれれ、白坂くんだよね？」

身を乗り出し、彼女は言った。名刺を挟んだ指が宙に浮いたままになる。自分の名を呼ばれていながら、白坂は惚《ほう》けたわけでもなく、純粋に判らなかった。

「…は？」

「え、だって白坂くんでしょ？　えっと、白坂…なんだっけ！　ごめん、下の名前まで覚えてないんだけど、西智《せいち》大学の経済学部出身じゃない？　同じクラスだった北村《きたむら》エミなんだけど…」

そういえば見覚えのある顔かもしれない。

いや、はっきりとある。

でも。

「俺は…一夜だけど。今井《いまい》一夜」

「今井？　やだ、ちょっとなんで惚けるのよ〜。どう見たって白坂くんじゃない。あ、もしかしてお店に内緒とか？」

「いや、そういう…そうだけど、な…んで俺だと判ったの？」

あまりにも断定的な彼女の物言いに、誤魔化《ごまか》すことさえついに放棄する。白坂は素に戻っている自分を感じた。

「まだ卒業して四、五年だもの、忘れないわよ。それに白坂くん、取ってる科目もほとんど一緒だったじゃない」

「そうじゃなくて、どこを見て判ったのかと…」

「はぁ？　どこって…顔だけど？」

彼女は小首を傾《かし》げた。狐《きつね》にでもつままれたような表情になる。白坂こそ、状況が飲み込めないでいた。

目の前の女は自分を知っているという。一目見ただけで判ったと、顔を見れば判ると、確信に満ちた顔で言いきる。

「ね、ね、この人、先輩の友達なんですか？」

「友達ってほどじゃないけど。大学の同級生」

「うそー、こんなとこで再会なんて運命的〜。いいなぁ、羨ましい。うちの学校なんて、一人もイケてるコいなかったのに」

「あはは、白坂くんも大学のときは地味だったわよ。ね？」

「あ、あぁまぁ…そうだね」

混乱していた。頭ががんがん鳴りそうに目まぐるしく記憶を辿《たど》っていた。これは夢なのか。あの悪夢の続きかなにかなのか。この女はなんだ。どうして、自分が白坂一葉《かずは》だと判る。

顔色を失う白坂の隣で、興奮した彼女はつらつらと捲《まく》し立てた。

「ホント奇遇ね、上京先で会うなんて！　そうそう、ユウコ覚えてる？　地元で働いてんだけど、白坂くんが会社の面接にきたって言ってたわよ。いつだったかなぁ…もう二年くらい前になっちゃうか。まさかホストに転職するなんて、思いきったわねぇ！　でも、いいんじゃない？　うんうん、イケてるわよ。そうだ！　ねぇ、写真一枚撮らせてくれる？　ユウコに見せてやんなきゃ！」

携帯電話のカメラまで取り出され、白坂はますますパニックに陥るばかりだった。表情は据え置きでも、頭の中は嵐が吹き荒れ、その風速は増していく。

今まで確かだと思っていたものが、根底から覆《くつがえ》され、吹き飛ばされようとしていた。

短い閃光《せんこう》が眼底に届く。

ほの暗さに馴染《なじ》んでいた場所へ、光が射《さ》し込んでくる。

携帯電話の短いフラッシュを光らせながら、彼女は言った。

「ホント、びっくりしたわぁ。随分、雰囲気変わったのね」

どういうことなのか、それればかりを考えた。

なにが起こったのか判らない。

雰囲気。そんな言葉で片づけられるはずがない。

店が終わるまでの間、幾人もの客の相手をしながらも、白坂の中に巻き起こった嵐は収まりはしなかった。疑念は様々な記憶を掘り起こしては巻き込み、膨らんでいく。

彼女は今だから話せるけど、と前置きした。

『ごめん、大学のときね、ちょっと白坂くんのこと気持ち悪いって思ってたの。だって話しかけてもなかなかこっち見てくれないし、いっつも俯いてててすごい暗い人だなぁって』

服もちょっとあれだったし、と付け加え、『今だから話せるのよ』と彼女は慌《あわ》てて後にもまたフォローした。『二十点』の話はさすがに出なかった。

雰囲気が悪すぎただけだとでもいうのか。たしかに大学在学中は父親の死もあり、輪をかけて陰鬱《いんうつ》な日々。そういえば、葬儀に来てくれた父の古い知り合いだという女性が、奇妙なことを言っていた。

老齢の女性は、ハンカチで目頭を押さえながら、『百合絵《ゆりえ》さんを早くに亡くして、あなたも淋しかったでしょう』と言った。百合絵とは実の母の名であると気がつくまでに、時間がかかった。本当の母についてはなにも覚えていない。少し申し訳なく思いながら、そう告げた白坂に、しわの深い微笑《ほほえ》みを浮かべてその人は言った。

『お母さんはね、それはもう美しい方だったの』

単なる世辞だと思った。

どう足掻《あが》いても、母の顔は思い出せない。それだけじゃない。事故の後からずっと…自分にはもう一つの、なくしてしまった記憶がある。

どうして俺は、自分の元の顔が思い出せないんだ。

「金崎、話がある」

閉店後の店からは、仕事を終えたホストたちがぞろぞろと帰り始めていた。控え室の奥の男に、白坂は声をかけた。

「あぁ？」

割れんばかりの大声でなにやら笑っている男たちの輪に、金崎はいた。興ざめしたと言いたげな目で見上げてくる。

「ちょっと来てくれないか」

男を連れ出す。ちょっとと言っても行く場所があるわけでもないので、店のフロアに誘い出した。すでに照明は落とされていたけれど、入ってすぐのボックス席なら、厨房《ちゅうぼう》からの明かりがカウンター越しにかろうじて届いている。

フロアは、つい数十分ほど前の賑《にぎ》わいが嘘《うそ》のように静かだった。

「話ってなんだよ？　もう帰ろうと思ってたとこなんだけどな」

「金崎、聞きたいことがあるんだ。大事なことなんだ…教えてくれないか」

「大事なことねぇ。知っててもおまえにゃ教えるかどうか…」

片頬《かたほお》を歪《ゆが》め、金崎は薄笑う。白坂は構わなかった。

「なぁ、なんで俺だと判ったんだ？　その…初めてここで会ったイベントのとき、どうして俺を俺だと思ったんだ？」

ソファの背にだらっと腕を投げかけた男は、苛々《いらいら》と揺すり始めた足を止める。背けかけた視線を、白坂の顔に釘《くぎ》づけた。

「はぁ？」

つまらない質問だと思ったのだろう。教えるか判らないと突っ撥《ぱ》ねたのも忘れ、金崎は応えた。

「顔に決まってんだろ。ほかになにがあるってんだ」

「俺の顔は……昔と変わらないのか？」

「変わってたら気づかねぇだろ。そりゃ、中学んときの話だからな、ガキじゃねぇし、思い出すのに時間はかかったけど…なんだおまえ？　そんなつまんねぇ話をしに俺を呼びつけたのか？」

振り返る。いくら過去を振り返っても、目の前の男は今まで一度も『整形』なんて単語は出しちゃいない。顔が変わってないというのなら、あの事故で自分が変えたはずのものはなんだ。

『すげぇ化けようだな』

あの、自分をたった一言で拘束した金崎の言葉の意味は——

「おまえさぁ、化けんなら顔も変えたら？　そんなんじゃすぐ足がつくぜ」

「足…？」

「パクられるっつってんの。おまえ、なに逃げてんの？　身分証まで作って他人に化けなきゃなんねぇようなこと、やらかしたんだろ？　詐欺か盗みか？　まさか殺《や》ったんじゃないだろうな？」

「そういや『プラチナ』にゃ、前も傷害致死でパクられた奴がいたな」

「やるって…」

金崎の勘違いを、白坂は今頃になって知った。

「なんにもやってないよ、俺はただ…」

ただ、なんだ。事故で怪我《けが》をした顔を整形した。そして、その顔は――元と変わらない顔だった。

白坂は笑い出した。自分の間抜けさ加減に笑うしかなかった。大して変わってもいないものを、さも別人に生まれ変わったかのように思い込み、秘密だなんだと守っていたのだ。

変わったのは顔じゃない。

自分を変えたのは、心だったのに。

卑屈《ひくつ》は人を駄目にする。醜く、する。

自分でも判っていたじゃないか。客に対しても、偉そうに思っていたくせに、なにも気づかずにいた。

ありもしない隠し事のため、自分が失ったものはなんだ。

「なに笑ってやがる?」

ヒューズが切れたように笑う白坂を、金崎が不快そうに見ている。

「おまえの面《つら》見ると苛々する。人を小馬鹿にしやがって、さぞ気持ちがいいだろうよ」

「馬鹿に…？」

金崎は立ち上がると、カウンター脇《わき》の棚から灰皿を取り出した。磨き抜かれた灰皿は各用だというのに、男は構わず使い始める。

「なぁ、昔話でもするか？」

咥《くわ》え煙草《たばこ》で肩を竦められ、白坂は首を傾げた。

「昔話？」

「ゲームのこと、覚えてんだろ？　なんであんとき罰ゲームの篤成の相手がおまえだったか、教えてやろうか？」

白坂は目を瞠《みは》った。自分だった理由、そんなもの考えたこともない。たまたま目に留まったから、教室に残っていたから、そんな偶発的な理由じゃないのか。

もったいつけるように反応を眺めてから、金崎は口を開いた。

「篤成の奴、あんときそんな罰ゲームはしないってうるさかったなぁ。あんまりごねやがるから、『ゲームに負けたからって拒むつもりか』って黙らしたんだよ。最初は女子を選んでた。けど、あいつが『もし信じたらどうするんだ』って、またしつこく食い下がるもんだから男に変えた」

「…それで？」

「俺がおまえを選んだんだよ」

火の点《とも》った煙草の先が自分に向けられた。白坂を指し示し、金崎は面当てに笑う。

「なんでだと思う？　おまえがあんとき期末テストの答案見せてくんなかったからだよ」

「え…けど、おまえ机にパン…」

机にカビたパンを突っ込まれたのは忘れていない。

「あぁ、そんなこともしたっけ。つまんねぇ理由だよなぁ。おまえも、つまんねぇこと、したよな。素直にちょろっと見せてりゃ嫌な思いせずにすんだのに」

元々、自分が原因だったというのか。

すべて、自分の生み出した些細《ささい》なきっかけで、始まったとでも。

「白坂、俺は今も昔もおまえが嫌いなんだよ。すかしやがって。どうせまたあいつとホモってんだろ？　あれか、枕やんねぇのは篤成とホモダチだからか？」

眉《まゆ》を顰《ひそ》める。あの頃となんら本質の変わっていない男を、白坂はただ見返す。

続けざまに三度、金崎は煙草を吸った。反応の薄さに苛々した様子で、白坂を言葉で嘲《あざけ》り続けた。

「もうガキじゃねぇもんな、今度はケツ掘ってもらってんのか？　アイツのデカイから痛《いて》ぇだろ？　それとももう慣らされてアンアンよがったりしてんのか？　おまえ、女みたいな顔してっからお似合いだな」

耳に言葉を吹き込まれる度、胸に重く冷たいものが流れ入ってくる。

「なんで俺がアイツの知ってると思う？　俺の客に、昔篤成の客で寝てた女がいるからだよ」

少しだけ目を見開いた。引っかからないといえば嘘になる。ただ、通りを客と腕組んで歩いている姿を見かけただけでも、苦しくなるくらいだ。

「おや、嫉妬《しっと》した？　アイツをなんだと思ってんの、ホストだぜ？　篤成がホモだなんて知ったら、『プラチナ』の客びっくりするだろうなぁ」

面白おかしそうに言う男は、肩を揺すって笑った。黒石《くろいし》に話が及べば、胸の冷たいものが一気に嵩《かさ》を増すのを感じた。

「…もう、やめろ。おまえが俺を嫌いなのはよく判ったよ」

「そういや、アイツ引退だっけ？　ちょうどいいや、客も知ったら諦《あきら》めもつくだろ」

本気か揶揄《からか》ってるだけか判らない。自分を動揺させるためなら、本当に触れ回りかねない男だ。ホストなんて、ヘタすれば噂《うわさ》好きの女と変わりない。指名もヘルプもなしに暇を持て余せば、すぐに集まって噂交じりの雑談が始まる。

控え室での光景が頭を過《よ》ぎる。大声で何事か笑っていた。下品に大口開けて笑っていた男を思い出す。あんな風に、黒石が仲間や客に笑われるのは嫌だった。

「そんじゃ、俺帰るわ。お先に」

金崎は吸い終えた煙草を揉み消す。白坂をやり込め、満足げにその場を後にする。

ひらと振ったシルバーリングの犇《ひし》めく手を、だぶつくパンツに突っ込み出ていく。

白坂はボックスのソファに座ったままだった。しばらく身動き一つしなかった。薄暗いフロアの床を見つめ続ける。それから、両手に顔を埋めた。元通りだか、多少の修正入りだか自分でも判らなくなったが、事故の際には苦労して治療した顔を手のひらで覆った。

苛々と髪を掻き上げる。立ち上がる。途中控え室をちらと覗き、白坂が向かったのは表だった。

エレベーターを降りて寒さを感じると、今日が二月末なのを思い出した。

二月最後の日。『プラチナ』は黒石の引退イベントで盛り上がっただろう。まだ残った客たちと飲んでいる頃だろうか。

白坂は通りを見渡しながら思った。

酔客や仕事明けの女に男たち、日中の店の開店準備に起き出してきた者。六時を回った時刻、人通りは絶えてはいない。そもそも完全に絶える時間など、この通りにはない。

目的の方角へ足早に向かいながら、懐かしい店の今夜を想像する。

人も通れぬほど入り口に並んだ花々、煌《きら》めいて聳《そび》えるシャンパンタワー。温かく、そして賑やかな店内の空気。

黒石の最後の姿を一目でも見たかった気がした。一時は逆恨んで貶《おとし》めようとまでした男なのに、輝いている姿を純粋に見たかった。黒石の客たちと同じように、胸を高鳴らせてみたかった。

白坂は立ち止まった。

息を切らし、前を見た。

「金崎っ！」

黒い革ジャンの男は振り返らない。聞こえているだろうに、無視をして行き去ろうとする男に、白坂は何度も呼びかけた。

「金崎、おいっ！　待てって…待ってって言ってんだろ！　話は終わってない、おいっ…」

小走りに追いかけ、追いつこうとする手前で足を止めた。

「金崎ィッッ!!」

周囲も振り返るほどの声で叫んだ白坂は、男に投げつけた。脱いだ革靴を、金崎の背に向かって思いきり叩《たた》きつけた。

「……っ！」

靴は項《うなじ》に当たって跳ね落ちた。金崎が振り返る。転がる革靴に男は呆然《ぼうぜん》とした顔を見せ、それからこちらをぎろと睨《にら》み据えた。

凍《い》てつくほどの鋭い眼差《まなざ》しに、白坂は怯《ひる》みそうになる自分を奮い立たせる。

「すかしてて悪かったな。どうすればいいんだ？　どうすりゃおまえは気に入るっていうんだ。俺だってな、昔っからおまえが嫌いなんだよ。おまえがしたこと、言ったこと、一つも忘れてねぇよ！」

　震えそうになる声が恨めしかった。あぁ、やめだやめだ。金崎、俺に…俺の周りに手を出してみろ、おまえを絶対に許さない！」

「もう我慢すんのはやめだ。あぁ、やめだやめだ。金崎、俺に…俺の周りに手を出してみろ、おまえを絶対に許さない！」

　前に出る。一歩、歩み寄る。拳《こぶし》をつくった。振り下ろしたものを、男はまったく予期していなかったらしく、まともに顔面に受けて呻《うめ》き声を上げた。金崎は顔を押さえて苦悶《くもん》したが、白坂も右手を抱いて飛び回りそうになった。

　痛い。なんだコレ、と思った。人を殴るのがこんなに痛いものだとは知らなかった。

「白坂ァッ、このクソボケがッッ‼」

　男が飛びついてくる。あっという間に二発殴られる。顔と腹。痛いと悲鳴を上げる声も出ない。蹲《うずくま》りそうになるのをどうにか堪《こら》えて摑みかかった手は、あっさりと撥《は》ね除《の》けられた。

　背格好は自分とそう変わらないが、一瞬触れた体は筋肉の凝縮した重い感じがした。敏《びん》捷《しょう》な動きは、中学の頃にやっていたバスケ以外にも、なにか運動を続けていたからかもしれない。それとも、単にケンカ慣れしているだけか。

「はっ、こんななよっちい体で俺にケンカ売るつもりかよ。笑わせんな！」

　一突きされただけで足元がふらついた。

「ほら、どうした？　どうしたよ？　真っ直ぐ立ってもいられねぇのか？　早くしねぇと、おまえの自慢の面が二目と見れなくなんぞ、いいのかおらっ」

一歩にじり寄られる度、後ろに重心が傾く。ふらふらと後ずさり、すっ転びそうになる。

「ちくしょ…っ」

なりふり構わず、男の腰に飛びついた。何度も蹴《け》られて振り解《ほど》かれるまで、放さなかった。

ケンカだ、ケンカ。誰かの声が聞こえた。

けれど、二人を避けるようにして人は行き過ぎる。誰も止めはしないし、警察に通報するものもいない。詐欺、強請《ゆす》り集《たか》り、強盗殺人。なんでもありの街だ。酔っ払いのケンカは毎夜の光景、今更ホストが通りで殴り合いを始めたところで通行の邪魔になる程度なのだろう。

チンピラにでも成り下がった気分だった。でも、それでもよかった。

自分を守りたいばっかりに、大事なものを傷つけてなくした。守れるものなら、今度は傷つけるのではなく守りたかった。

「許さ…ない、許さない」

男にしがみつき、白坂はうわ言みたいに繰り返した。黒石を金崎に馬鹿にされ、傷つけられるのはどうしても嫌だった。

振り解かれて尻餅《しりもち》をつく。妙に柔らかいと思えば、路地の片隅に集め出されたゴミ袋の上だった。微《かす》かな異臭が鼻を突く中、スーツ姿で埋まった白坂は男を見上げた。

ごすりと重い音がした。金崎は、傍らの看板を振り上げようとしていた。

なす術《すべ》もなく目を閉じる。怖いものは、怖い。両腕で必死に庇《かば》った頭に、それは降ってはこなかった。

金崎の良心がそうさせたんじゃない。振り下ろされるはずの看板は、傍らに立った男ががっしりと摑んでいた。

「くろ…黒石…？」

黒いコートを纏《まと》った男が、険しい形相で立っていた。

「新二《しんじ》、なにやってんだおまえ？」

「おまえ、なっ、なんでここに…」

「なにやってんのかって、聞いてんだ」

「あ…と、しょうがねぇだろ。コイツがケンカ売ってきやが…っ」

ガツと鈍い音がした。看板を下ろした瞬間、金崎が吹っ飛ばされた。

「テメっ、篤っ…」

金崎が息を飲む。黒石は肩で息をしていた。拳を振り下ろした男の顔は、まだ収まりつかないと言いたげで、これから殴りかからんとする勢いすら残している。荒い息遣い。少しでも刺激したなら一触即発、殴りかかる気配だった。

両手を軽く上げ、引き攣《つ》った笑いを金崎は零《こぼ》した。

「わ、わーったよ。ちょい、やりすぎた。コイツがへなちょこのくせに、本気でかかってく

るから…」

「金崎！」

しれっと手を振り、去っていく男を白坂は呼び止める。振り返らない。感じたのは、助けられた安堵《あんど》よりも情けなさだった。

「余計なことすんな、黒石！　どけよっ！　金崎っ、金崎っ、まだ話終わってな…っ」

ゴミ袋の海から立ち上がろうとして、白坂は再び沈んだ。

「いっ…痛っ…」

腹が痛い。顔が痛い。殴られた場所一つ一つが、痛くてたまらないと訴えかけてくる。たらりと濡《ぬ》れた感触に鼻の下を拭《ぬぐ》えば、手の甲にべっとり血がついていた。

「一夜、大丈夫か!?」

「いい。ほっといてくれ」

覗き込む男を避けて俯いた。拭おうとする手を払い除《の》けて、上着のポケットからハンカチを取り出す。

「黒石、おまえなんでこんなとこにいるんだよ。今日、引退イベントだったんじゃ…」

「篤成〜、なにやってんのよぉ？」

呼びかけながら小走りに寄ってくるヒールの足音が聞こえた。

「集まってる店、こっちじゃないわよ。もう、みんな待ってるんだから…」

すらりとした体に長い髪、覚えのある黒石の客だ。白坂は顔を伏せる。正直、こんな姿は見られたくない。ゴミ山に埋まり、ハンカチで鼻血を押さえる白坂に、彼女は無情にも目を留めた。

「え…もしかして…ウソ、一夜くん？」

ふわとなにかが視界を覆う。降りてきたのは黒石の影だった。彼女の視線から隠すように立ちはだかった男の影が、白坂を包み込む。

「行ってくれ。ごめん、先に…すぐ店に行くから。頼むから、先に！」

「あ…う、うん」

剣幕に押され、彼女は歩き去っていく。

「俺に構わず行けよ。約束かなんかしてんだろ」

「店は終わったんだが…残った客の何人かが、飲み直そうって言ってる」

「ほら、だったら早く行け」

「立てるのか？　病院は行かなくて大丈夫なのか？」

「そんな大層な怪我じゃない。ちゃんと帰れる」

少しばかり腕を借りて立ち上がる。立ち上がってしまえば、どうにか普通に歩けた。ケンカ慣れしていないせいで、腰の抜けた状態だったのかもしれない。

黒石はタクシーの並んだ通りまでついてきた。

「いいから、さっさと行けよ」

何度もそう言いながらも、いざ『じゃあ』と黒石が口にした途端、言いようのない淋しさと不安が込み上げてくる。

「一夜」

タクシーの後部シートに乗り込もうとして、腕を掴まれた。白坂は俯いたままだった。殴られた惨状を思うと、とても上げられなかった。

じゃらと音がした。金属質の音を鳴らせたものを、黒石は白坂の手に押しつけてきた。

「必ず帰るから。すぐに帰る。頼むから、待ってろ」

手のひらに握らされたのは、あの丘の家の鍵だった。

アイスノンが冷凍室にある。タオルと着替えは、居間の隣の部屋の箪笥《たんす》に入ってる。救急箱は押し入れの右っ側にあるはずだ。

すべて、タクシーに乗り込む自分に黒石が言い聞かせたことだ。これから客たちと飲み直しに行かんとする男が、まるで母親のようだった。

黒石の家で着替えを借りた。脇腹の青痣《あおあざ》を直視するのは恐ろしく、急いでスウェットの上下に体を通した。両手両足ともだぶついてしまい、一つ折りでは足りずに二つ折りにせねばならなかった。

タオルで巻いたアイスノンを顔に押しつけ、白坂は所在なげに居間の隅に座る。救急箱は探さなかった。切り傷や擦り傷はほとんどない。口の中に鉄の味がしたが、絆創膏《ばんそうこう》を貼《は》りつけるわけにもいかない。

黒石は一時間としないで帰ってきた。本当にすぐだ。鍵のかかってない玄関ドアをがらりと開ける音が聞こえ、白坂は不法侵入者のように身を竦めた。何故《なぜ》だか、逃げ出したい気分だった。

「一夜！」

すぐに男が飛び込んでくる。膝頭《ひざがしら》と頬の間にアイスノンを挟んだ白坂は、そのまま くぐもる声を返した。

「…早すぎるだろ。主役がほっぽり出して帰ってきたのかよ」

「今度埋め合わせに店に顔を出すと約束した。その方が喜んでもらえたよ。もう店には行かないって話してたから…」

「田舎に帰るそうだな」

「帰るつもりはない。ショットバーを始めるんだ。話したろ？」

田舎で店を開くわけではないと判ってホッとする。そこに自分の居場所はもうないと判っていても、嬉《うれ》しかった。こうしてまた話をする機会があるかもしれない。

「そうか…着々と実現に向けて進んでるんだな」

「体、酷く痛むのか？」

「いや、そうでもない」

「だったら…どうして顔を上げない？」

いつも座っていた縁側近くではなく、部屋の四隅の一つに白坂は座っていた。明かりを避けて俯いたまま。男が心配げに膝を落とし覗き込んできても、顔を起こそうとはしない。

「すごいこと…になってるんだ。だから、人に見られたくない」

「…そうだな、腫《は》れてるだろうな。明日にはたぶんもっとすごいことになるぞ。右頬だろ？新二は左利きだからな」

まるで殴られた経験でもあるような言い回しだ。

「大丈夫だ。腫れてもちゃんと治る」

慰める優しい声に、緩く首を振る。唇がアイスノンに触れて冷たかった。頬も、膝も。震えだしそうになるのは、きっとそのせいだ。

白坂は薄い肩先を細かに揺らし、言った。

「…崩れてるかもしれない」

「崩れる？」

「二年半前、車で事故を起こした。車ごと崖《がけ》から落ちて…腿《もも》の骨折れて、顔も…そんときに大怪我して…整形したんだ」

「整形？」

「…したつもりだった。ただ元に戻すんじゃなくて、別人に成り代われるぐらい顔を変えたつもりだった。けど、そんなに変われてなかったらしい。今日…大学んときの同級生が店に来て判った」

膝の間で笑った。思い返しても笑うしかない。こういうのをなんと言ったか――裸の王様か。自分だけが新しい顔を手に入れた気になり、生まれ変わったつもりでいた。世界中探したって、こんな愚か者はそうそう見つからない。

「馬鹿もいいところだよな、自分だけが変わった気になって、いい気になってな」

「…なんで変える必要がある？」

黒石は本気で判らないようだった。疑問符を伴った声に、白坂は今まで腹に抱えたものをのろのろと吐き出した。

母のこと、誰かに打ち明けることすらできずにいたコンプレックス、そのせいで知らずして人に誤解と不快感を与えてしまっていたらしい事実。膝に顔を埋めていてちょうどよかった。黒石の顔を見ていたなら、言えなかった気がする。

白坂の顔に対するコンプレックスは、なにしろ幼少にまで遡《さかのぼ》る。

幼い頃から、胸に詰め込んできたもの。いっぱいになりかけては、ぎゅうぎゅうとあの手この手で押し込み直し、僅かな隙間をつくっては溜め込み続けてきた劣等感。本音を吐露してしまえば心は軽くなり、そして急に軽くなりすぎれば不安定となる。どこかへ吹き飛んでしまいそうな所在なさ。泣きたいような気持ちが込み上げてくるのを、白坂は感じた。

黒石は黙って聞いていた。

「文字を…百回書いたことはあるか？」

不意に奇妙な質問をしてきた。

「…百回？」

「なんでもいい。ひらがなでもカタカナでも、漢字でもいい。百回書くと、正しいはずの文字が間違って見えてくる。変な気がしてくる。思い込みってやつだ」

そろりと髪に触れる指先を感じる。

それは、掠《かす》めるほどに遠慮がちで優しい。

「おまえは自分の顔が嫌いなわけじゃなかったんだ。ただ、好きになりたかっただけなんだよ。だから無意識に元の顔を選んだんじゃないのか？」

ゆっくりと穏やかな低い声が、言葉が降り注ぐ。

いつまでも髪を撫《な》でてくれる手のひらに、白坂はそっと顔を起こした。膝から少し浮かせ、ちらと男を窺《うかが》う。見つめる眼差しと目線がぶつかってしまい、気恥ずかしい思いで顔を上げた。

少しばかりぶっきらぼうに言い放つ。

「黒石、俺の本当の名前、判ってんだろ？」

「あぁ」

「いつから判ってた？」

「最初から。店の前で会ったときから、おまえだって判ってたよ。懐かしくて嬉しかった。なんか訳ありそうだって判って、もどかしかったな」

男はふっと息で笑うと言った。

「おまえだから好きになった」

「え…？」

「言っただろう？　会って間もなくて、口もろくにきいたことがないのに自分のどこを好きになったのかと。今も昔もひっくるめて、おまえだから好きになった。それを…いつか伝えたいと思ってた」

あのとき『顔』だと答えたのは、誤魔化すためだったのか。それなのに自分は勝手に打ちのめされ、頭を悩ませたあげくに黒石を騙《だま》すような真似《まね》をした。

「……なんで黙ってたんだよ」

「黙っていてほしいんだろうと思ってたからだ。事情があるんだろうと…だから、新二には会わせたくなかった。あいつが気がつけば、おまえは困るんじゃないかと思ったからな」

金崎と同じ勘違いを、黒石までしていたのか。そういえば店に初出勤した日、事務所で会ったときに問われた。何故ホストになったのかと、黒石は不自然に尋ねてきたのに——

あれから一年。

一年もの間、誤解し続け、悩んで遠回りの道ばかりを探り合っていたのか。

もう遠回りは疲れた。道草にはうんざりだ。この先に目的地があるというのなら、辿り着きたかった。

「黒石、俺がホストになったのは…おまえに復讐《ふくしゅう》するためだ。昔、俺を騙しただろ。好きだって言って…」

男は眉根を寄せる。

「恨んでたか、俺のこと。憎かったか？」

「あぁ、憎かったよ。憎たらしかった。おまえがいなくなってから、ずっとずっと…何遍も思ってた。好きだって言ったのに…俺のこと、好きだって…」

たった一言だったけれど、それがあの頃の自分のすべてだった。ままごとみたいな付き合いだったけど、自分を好きだという人間が傍《そば》にいる。それが幸せだった。

あの言葉と、たった一度のキスが拙《つたな》い自分のすべてだったのに。

「……軽蔑《けいべつ》するか？　俺のこと。十年も経《た》って復讐なんて…」

いや、と黒石は首を振る。

「そのくらい。俺なんか、新二に偶然再会して最初にやったのが殴り合いだった。おまえにアイツが話してしまったのを知って、逆恨んでたからな。みっともないだろ」

二人ともボコボコになって、店もしばらく休まなきゃならないほどで、あれは最悪だった、と黒石は渋い顔になる。

さっき金崎が黒石に対し、すぐに引いた理由が判った気がした。勝ち負けつかず、引くに引けずに殴り合い。しまいには互いにうんざりして伸びた二人を想像し、白坂は少し笑う。

それから、ふっと唇を引き締める
「おかしかったか？　あのとき…真面目に考えて、付き合ったりして、俺おかしかったか？　可哀相で…嘘とはいえなくなったか？」

「違う。言っただろう？　俺は自分のために嘘をつき続けただけだ。軽蔑されたくなかったから…おまえを好きになっていたから…」

「おまえが嫌な奴ならよかった。おまえが嫌な奴で、ただ憎めていたなら…今頃はもうキレイに忘れていたのかもしれない。ただ『あのときは最悪だったな』とか愚痴って、笑って再会できたのかもしれない」

嫌いじゃないから、忘れられない。傍にいてほしかったから、思い通りにならなかった恋を恨んだ。

「イベント…今夜、来てくれなかったな。良平が誘ったって言うから、もしかしたらと思ったんだが。さっきな、俺はおまえの店に行こうとしてた」

「え…『K』にか？」

「あぁ、ホストを辞めて、やっと言えると思ってたからな。少しでも早く言ってしまいたくて…」

黒石は軽く息を飲んだ。ぼんやりと見つめる白坂に、その言葉を告げてきた。

「迎えにきた。白坂一葉を」

「え…」

「ホストに好きだの愛してるだの言われても嘘臭いんだろ？」

いつだったか、寝入り際に『好きだ』と言われて返した言葉だ。

「おまえはどうだか知らないが、俺の恋愛は変わらない。永久指名だ。俺もおまえと同じ、もう二十六だ。二十六年かかっておまえ一人しか好きになれなかったものが、この先新しい恋愛ができるとも思えない。だから…せっかく運よく再会できたのに、おまえに簡単に振られても困る」

「黒石、おまえ…」

「店の準備もやっと整ったんだ。四月にオープンする。人に頼んだからなかなか内装のデザインもいい。図面持ってきて見せようか？　興味あるなら、明日店の場所に連れていってもいい。どのくらい売上が上がるかはいくら計算しても机上の計算になってしまうが、最低限赤字は出さないつもりだ。それから…」

まるでプロポーズだ。新居の説明をする男のように、熱心に黒石は店について語り出す。

自分ではまったく気づいていなさそうだ。

そんな不器用さを、愛《いと》おしく思える。

「それから、ボロ家が嫌なら引っ越してもいい。ホストを辞めたからマンションは解約するつもりだったんだが、マンションがいいか？　この家には来たくないか？」

白坂は首を振った。緩く笑んだ。

黒石は過去から離れつつあるのだと感じた。この家を大切に考えているのにたぶん違いはないけれど、確実に動き出している。

自分も動き出さなくてはいけない。白坂には判っていた。

「この家がいい。俺はなかなか気に入ってる」

「じゃあ…店は？」

真顔のまま問われ、白坂は身を起こした。抱えていた膝を解き、体を起こし、目の前の男に飛びついた。抱きつき、何度も頷いた。

「一緒に…店をやってくれるって意味か？」

「それ以外になにがある」

背中に回った腕が、満足げに白坂を抱いた。不意の衝撃に脇腹の打撲が痛み、軽い悲鳴を上げる。黒石は慌てた様子で力を解く。

「そういえば、どうして怒ったんだ？　なんで新二にケンカ売ったりした？　アイツはケンカ慣れしてるから結構強いんだぞ」

「おまえを馬鹿にするから」

「俺を？」

「あぁ、ホモだって言って…」

「本当のことだろ」

あっさりと黒石は肯定した。それ以上でも以下でもなく、問題がどこにあるのか判らないと言いたげな返事に、白坂は呆気《あっけ》に取られる。そういえばこういう男だったのだと思う。

マイペースで家ではジャージでうろついているような男。ゲイだと言いきって、自分に再告白してくるような鉄面皮《てつめんぴ》な男だ。

「…おまえなんか庇うんじゃなかった」

デリカシーのなさに唇を尖《とが》らせたが、すぐにそれは収まった。

「一葉」

呼ばれて胸が痛くなる。ただ一言、本当の名を口にされただけで、すべてが愛しいことに変わってしまう。恋とはなんと都合よくできたものだろう。

唇が触れ合う。何度も掠め合い、押しつけ合うだけのキスをした。物足りなさに身を捩《よじ》った頃、大きな手のひらが白坂の体の輪郭を辿り始めた。背中を滑り落ち、包むように腰を抱いてから脇腹へ。右の脇腹を摩《さす》る手が一層慎重に感じるのは気のせいなんかではないだろう。抱かれて悲鳴を上げてしまったためか、形を辿るだけの手のひら、優しすぎる口づけ。じれったいほどの触れ合いに、白坂は男のシャツの背を引っ張った。その眸《ひとみ》を覗き込みながら、厚めの唇をぺろと舐《な》めてみる。

せがむ声、やや不満げな声で口にした。

「……クーラーのある部屋に行きたい」

真冬に必要あるはずもないもののある場所。

夏の記憶をなぞり返し、言葉に託した。

決死の誘い文句だった。

そのつもりだったのに、二階に上がって布団を敷き始めた男は、あろうことか白坂を布団に入れるとそのまま部屋を出ていこうとした。

「先に寝ててくれ。風呂に入ってくる」

聞きようによっては色気のある言葉。『先に寝てろ』なんて前置きさえなければ——いや、前置きはついてなかったところで、そういう意味でないのは判る。まるで子供みたいに自分を寝かしつけ、黒石は出ていこうとしている。

「一葉…？」

立ち上がろうとして男は動きを止めた。白坂が少し怒ったような表情で、無造作にスウェットの上着を脱ぎ始めたからだ。

あんなに積極的だった男が、その気になってくれない。これ以上どうやって誘ったらいいのか。全部脱いで、足をおっぴろげたりしなきゃ相手にしてくれないんだろうか。できるわけない。

むすりとなって敷布の上に座っていると、黒石が膝を落としてきた。

「…酷い痣だな」

顰《ひそ》められた眉。金崎に蹴られたせいで、脇腹の辺りは広範囲に亘《わた》って変色している。

「それに…随分痩せたな」

指摘されるまで、一目見て判るほどだとは思っていなかった。そんなに変わったつもりはないが、黒石と別れて店を変わった三ヵ月の間にじわじわと体重を落としたかもしれない。

改めて見下ろしてみれば、そこかしこで骨の浮いた体。ここまでくると男女問わず痛ましい具合で、これはみっともないかもしれない。そういえば犬森も言っていた。ガリはダメ、ごつごつしたのはダメだと、柔らかくないと魅力はないと。

「…だめか？　その気にならないか？」

自分で言っておきながら、浅ましいと思った。情けない。痩せこけた上に顔まで腫らして、どこにその気を起こさせる場所がある。

服なんか脱がなきゃよかった。キスで大人しく寝てれば恥もかかずにすんだのに——

どこか体の奥が軋んだ気がした。もう一度服を被《かぶ》ろうとした手を、黒石に掴まれる。

「あ…」

服を掲げた両手を引っ掴まれ、体を見下ろされた。眺め回され、身を捩る頬にキスをされた。腫れてない、左頬。もどかしげに黒石は唇を這《は》わせ、耳朶《じだ》にも口づけながら言葉を吹き込んでくる。

「その気になったらどうしていいんだ？」

低い囁《ささや》きに、軋んだばかりのどこかが甘く溶け落ちる。

「体辛《つら》くないのか？」

「そりゃ、痛い…けど…」

けど、と口にしたときには布団に横たえられていた。同じ男とは思えない、黒石とは比較するのもおかしいほど貧相になってしまった体を、男は手のひらでそろそろと撫で始めた。

傲慢《ごうまん》な気持ちで付き合い始めた頃が嘘のようだ。白坂は臆病《おくびょう》になっていた。まっ平らな胸を愛撫《あいぶ》され、居たたまれない気持ちになる。

飾りにもならない小さな乳首を弄られて、感じてしまう自分も。

「…ん、ふっ…」

優しく唇で摘《つま》まれて震えが走る。柔らかい膨らみも伴っていない場所を、黒石はどう思っているのだろう。ゲイだなどといって、好きになったのは自分だけだなんて甘い言葉を口にしても…黒石はたくさんの女を知っている。

金崎に告げられたことは、白坂の頭に焼きついたままだった。

薄っぺらい胸。爪《つめ》の先ほどもない場所を舐めたり吸ったりしてもらい、気持ちよがってる自分を黒石はどう感じているのか。変だと思ったりしてないんだろうか。

今まで大して疑問も抱かずにいられたのが嘘のようだ。

気持ちいい。恥ずかしい。申し訳ないような気分に陥り息を詰めた。漏れそうになる吐息を押し殺す。吐き出せない熱が内へと籠《こも》り、ぱんぱんに膨らんでいく。右の尖りに歯を立てられた瞬間、白坂は繋《つな》ぎとめるものがぷつっと切れたみたいに、身を捩らせた。

「……あぁっ」

出してしまうかと思った。スウェットの中心を盛んに押し上げているものに、黒石が気がつく。

「悪かったこっちに気づかなくて…夢中になりすぎた」

黒石は目を細め、白坂を見下ろした。硬い表情が幾分和《やわ》らぎ、微笑みをつくる。

思わず手を伸ばしていた。

白坂は男の頬を両手で撫で、引き寄せた。

唇を重ね合わせながら黒石が囁く。

「一葉、いっぱいよくしてやる」

口説き上手なのか、ヘタクソなのか。淡々と喋《しゃべ》るくせに、直球な男の言葉に体がまたじわっと熱くなる。

キスをされ、うっとりと目を閉じた。口の中を切ったばかりに、押しつけ合うしかできないのはもどかしかったけれど、唇をやんわり吸われれば喜びが勝った。

大きすぎて緩いスウェットを下着ごと引き抜き、黒石は白坂を宣言どおり『よく』した。

最初は手で、それからすぐに唇で。性器に口をつけられ、初めは羞恥《しゅうち》に抵抗を試みていたけれど、いつの間にか求めてしまっていた。

「や…あっ、あっ…」

ねだるように腰を揺らめかせれば、黒石の唇は昂《たかぶ》る白坂を隅々まで可愛がってくれる。茎も、泣き濡れた尖端《せんたん》も、慈しんでくれる。

嬉しかった。まだ…男がこんなにも自分を好きでいてくれるのが堪《たま》らなく嬉しくて、快楽に浮かされるまま名を呼んだ。

「…いし、黒石っ」

「…ん…？」

「……いい。いい、すごく…気持ち、いいっ」

頬が火照る。右頬が腫れてるせいじゃない。

男が自分を咥えたまま、こちらを見上げる。上目遣いの黒い眸。切れ長のともすれば冷たくなりがちな双眸《そうぼう》が、熱っぽく自分を見ている。

白坂は見つめ返しながら、ひくひくと腰を揺すった。

「…あ、あっ…俺、ダメだ…っ」

黒石の口の中に、先走りを垂らしているのが判る。それを黒石が味わっているのも。

「…も、出そう。黒…石、もっ…もうっ」

きゅっと促《うなが》すように吸われ、足先まで震えが走った。悲鳴を零したくなるほどのスピードで快感が駆け上がり、飲み込まれた先の小さな出口が口を開く。

白坂は喉奥で弾《はじ》けた。精液を散らしながら、別のものまでもが迫《せ》り上がってくる。壊れたように涙腺《るいせん》が開き、ぼろぼろと涙が零れ出した。

「あ…あ…」

止まらない。痛いわけでも、苦しいわけでもないのに。涙が溢《あふ》れる。蟀谷《こめかみ》を滑り落ち、枕《まくら》まで伝う。

黒石は驚いていた。口元を拭いながら身を起こした男は、小さくしゃくりあげた白坂を覗き込んでくる。

「どう…した？　気持ちよくなかったか？　どこか痛いのか？」

「わか…判らない、すご…気持ち、よかっ…たのに」

感情が昂る。甘やかされ、優しくされて泣けてくるなんて初めてだ。

いい年してなんだ、こんな馬鹿みたいに泣くなんて。たかが…たかが、惚《ほ》れた男に抱いてもらってるぐらいで――

身も心も、くたくたに脆《もろ》くなったみたいだ。

「…大丈夫か？」

抱きすくめられて目眩《めまい》がする。なんだコレ、と思った。あぁ、自分は今メチャクチャに幸せなんだと判る。

しがみついた黒石の服からは、甘い匂《にお》いがした。誰かの香水の匂い。店で移ってきたのだろう。

「一葉…？」

ワイシャツの背中に取り縋《すが》り、抱きついた体を擦《こす》りつける。この男は自分のもの。見えない誰かに訴えたかった。そういえば、いつだったか…犬みたいにマーキングができればいいのにと思った。

服を纏ったままの黒石に、裸の身を寄せ絡みつく。

「…ん…っ、んっ」

最初は遠慮していた下腹も、堪らなくなって擦りつけた。黒石のスーツが汚れてしまうかもしれないけど、構わない。

「一葉…おまえ、変だ」

困惑した声で男は言う。変だと言われて頭の奥が熱くなる。泣きじゃくったり、身をくねらせたり、おかしくなってる自分なら承知している。

「なんかすごい…可愛い」

抱きついた腕を緩めれば、唇に吸いつかれた。

「おまえ、煽《あお》りすぎだ。後悔するぞ」

「え…」

「どれだけ我慢してると思ってるんだ。どれだけ、今まで俺を我慢させてたか判ってるか？」

少し険を帯びた表情を黒石は浮かべた。

「名前すらちゃんと呼べなくて、大人しく待ってたら急に振られるし…振り回されて散々だった。怪我が治るまで我慢しようと思ったんだが、今度はこんな…」

からかってるなら、承知しない。

黒石は言った。

首に回していた白坂の腕は解かれ、黒石の両手に敷布に縫い留められる。低い声を怖いと思うより、嬉しいと思った。

「……しろよ。して…くれ」

欲しかった。黒石が堪らなく欲しくて、白坂は絡みつけたままの両足で男の腰を引き寄せていた。重い腰にのしかかられ、両足でそれを抱きとめた瞬間、じんと体の奥が痺《しび》れて熱を持つのを感じた。

「もう…ダメだって、もっ、挿《い》れないで…くれ」

白坂は、あからさまにねだったりしたことを後になって悔いた。

怪我が治るまで我慢するつもりだったなんて、嘘だと思った。最初に自分を寝かしつけようとしたのも、なにかのパフォーマンスだったのではないかとさえ疑った。

けれど、そんな邪知を働かせるような男ではないのも判っている。

直向《ひたむ》きすぎる激しい求めに、白坂は悲鳴を上げそうになっていた。

一度目はよかった。用意された潤滑剤を使ってのセックスは、最初こそ戸惑ったものの、最小限の苦痛で白坂を夢中にさせた。恥じらったり、啜《すす》り喘《あえ》いだり、感極まってしまい疲労感を覚えるどころではなかった。二度目もそうだ。だるい体を絡め合ったり、つくりの違いすぎる男の体を、欲望に負けて触れてみたりするうちに、いつしか組み敷かれて喘がされていた。

窓越しの鈍い光に薄暗かった部屋は、いつの間にか昇りきった朝日を受けていた。冬の気だるい日差しが部屋を白く染め上げている。

「も、無理…だって、やめっ」

敷布の上を這い、逃げようとした腰を捕まえられる。

砕けた腰を抱え上げられて、もう二度も受け入れた場所の具合を確かめられる。二本揃《そろ》えた指を穿《うが》たれ、散々蕩《とろ》かされ熱の塊で擦られた場所がぐちっと音を立てる。

慎みを忘れて口を開いた窄《すぼ》まりから、男の放ったものが溢れ出し、白坂は膝を戦慄《わなな》かせた。

「や、だめだ…もう、だめっ」

「ダメじゃない、大丈夫だ。ほら、すごく柔らかいし、傷も…ない」

「…いしっ、黒石、お願いだ…も…っ、許して…許して、くれっ…」

これは仕返しなのだ。身勝手な行いで振り回した報復をされているのかもしれない。今度は嫌がらせ説が浮上する。

明るい朝日の中で、情交の跡を確認され許しを乞《こ》う。

「あとで綺麗にしてやるから。中もちゃんと洗ってやる」

「そんな…っ」

両の足の間をなにかが伝う。溢れ落ちる白濁と潤滑剤の名残を内股《うちまた》に感じ、黒石の前で白坂は見栄《みえ》も外聞も忘れて啜り泣く。

柔らかく蕩けた場所が、また黒石の形に開かれる。三度目でも張りの逞《たくま》しさを失わない男のものは、くちゅくちゅと濡れた音を撒《ま》き散らしながら、白坂が泣きじゃくる場所をまた突いてくる。

「…も、そこ、しなっ…あ、あ、あぁっ…」

「ここ、そんなにいいか？　さっき、溶けそうだって言ってたな」

「も、抜いて…くれ、それ…っ、抜い…ぅっ、んんっ」

膝はぐずぐずに崩れ、枕にしがみつくしかできない。抱え上げられて黒石の膝の上に乗った腰は、男の意のままに揺さぶられる。回したり、前後にスライドされたり。

自分がつくり変わっていくようだった。

黒石を悦《よろこ》ばせるためのもの、黒石のものになっていく。

「一葉…すごい、すごいな…」

情欲に掠れた声。うつ伏せで仰《の》け反らせた背に、愛おしむ口づけが降ってくる。

「や…もう、なかっ…中に出さ…なっ」

「ちゃんと、洗って…やるって、言ってる。奥も指で開いて、全部洗い出してやる。一緒に、風呂に入ろう…湯は俺が沸かしてやるから」

「…やだ、嫌…だっ、やぁっ」

「体も拭《ふ》いてやる。髪も、乾かして…」

白坂はむせび泣くばかりだった。

今にも爆発しそうな雄《おす》が自在に出入りしている。黒石は中に全部出してしまうだろう。それから、風呂場でぐちゃぐちゃになった場所を覗き込まれて、あの長い指で中を――

「…んふっ…」

ひくん、と腰が跳ね上がった。

あの指で擦られたらまた勃《た》ってしまうかもしれない。何回でも。そうしたら、黒石はきっとまた――

「…あぁっ、あっ、嫌っ」

卑しい妄想に、自然と腰が揺らめく。

枕に取り縋ったまま、白坂は泣き喘いだ。上気した頬を伝おうとする涙が、次々と吸い取られていく。

「嫌…なのか？　本当にそうか？　おまえがどうしても嫌だっていうなら、我慢してみせる。やめたほうがいいか？」

嘘だ。絶対に、これも黒石の嫌がらせだ。朦朧《もうろう》とした頭で考えながらも、応えは裏腹になってしまう。

「嫌、いやっ…気持ち…いい。そこ、いいっ」

嫌じゃない。黒石を咥えたまま先のことまで想像させられ、白坂の性器は雫《しずく》を結んでいた。抱え上げられた男の足の間に、シーツに、ぽたぽたと薄くなった先走りが溢れ落ちる。

ずるっと男が抜き出された。追い縋るように腰を突き出した白坂を仰向《あおむ》けに返し、黒石が覆い被さってきた。

「一葉」

無意識に両足を抱える。黒石がそうするまでもなく、白坂は開いた両足を畳んで黒石を誘う。

「…ろいし、黒石」

早くと急《せ》かす。もう一度嵌《は》めてほしいとせがんでいる自覚はなかった。

息が上がって苦しい。涙腺が壊れて涙が止まらない。黒石が濡れた顔を拭ってくれる。大きな手のひら、温かい――――また、アレが入ってくる。

「馬鹿…これ以上、興奮させるな」

荒い息遣いの男が、掠れた声で言う。乱れ落ちた前髪が白坂の額《ひたい》を擽り、汗ばんだ互いの肌はしっとりと吸いつき合う。余裕を失った男の眼差し。蕩けた入り口を突く熱の塊。内股を震わせながら、白坂は黒石を見つめ返した。

くちゅ、と閉じかけた口をいっぱいに開かれ、甘く鼻を鳴らす。唇をも口づけで封じられた。堪えきれなくなったように、求められる深い口づけ。切れた口腔《こうこう》の粘膜に痛みが走る。

それさえ、悦びに繋がっていく気がした。

びくと竦めた体に、黒石は遠慮がちに舌先を引っ込めようとする。自分のそれを絡みつけて先を促した。黒石の体の一部を口腔深く、招き入れた。

もっと——もっと、体全部、黒石でいっぱいになればいいのに。

「…すき。好…き、おまえが…」

キスと体を蕩かす抽挿《ちゅうそう》と。ぐちゃぐちゃに入り交じり、波高く押し寄せてくる快感の合間に白坂は何度も言葉にした。その度にがむしゃらになる男に唇を奪われたけれど、懲《こ》りずにうわ言のように口にした。黒石が自分の中に想いを全部注ぎ込むまで、何回も繰り返した。

「…好き」

言葉にしてしまえば、判る。

長い間抱え、曲がったりくねってみたりと形を変えていたものは、あまりにも単純なものだったと。

「一葉、一葉」

不器用に名を繰り返す男が愛しかった。

火照った頬を包む手のひら、優しく撫で下ろす指先。名を呼ばれ、揺すぶられ、何もかも判らなくなる白い谷間に落ちる一瞬——白坂は、あの夏の日自分の名を呼んだのは、やはり黒石だったに違いないと思った。

グラスの曲線に合わせて間延びした顔を見つめ、白坂は満足げに頬を緩めた。

カウンター裏に並んだグラスは、どれも一点の曇りもなく、ぴかぴかと輝いている。

四月、桜の季節。小さな一軒のショットバーがオープンを迎えようとしていた。黒石の店だ。知り合いの空間プロデューサーがデザインしてくれたという店の内装は、壁と間接照明の具合が洞穴のようだ。奥に細長く延びた店舗の形を利用してのデザインらしい。和風の材質のカウンターテーブルが、落ち着いた雰囲気を醸し出している。

黒石にプロの知り合いがいて、本当によかったと思う。同じ和風でも、黒石が案を出したなら昭和初期になりかねない。いくら和めても、バーにちゃぶ台が鎮座していてはまずいに決まっている。

ホストになる前はバーテンダーのバイトをやっていたという黒石は、それなりの知識はあるらしいが、オープンは腕の確かなバーテンダーを雇い入れてだった。

白坂に肩書きは特にない。店的には見習いバーテンダーといったところか。

『K』を辞めたのは、先月の末だった。店長には随分嫌がられたが、金崎は特になにも言わなかった。ケンカを売ったのが効いてるなんて思っちゃいない。黒石に見咎《みとが》められたのも、金崎はさほど気にしちゃいないだろう。気を揉んでいるのは、たぶんほかのことだ。

『K』の幹部候補が職業安定法違反で警察に捕まった。客への有害業務の職業紹介が原因だ。急に金崎の動向が大人しくなったのは、やはり身に覚えがあるからだろう。

「やっぱり来てなかった。電話しないと」

ぼやきながら、店の裏から黒石が戻ってくる。配達を頼んでおいたフルーツの話だ。昼には持ってくるといっていたのが、一向に来る気配がない。

「いいよ、俺が後で買いにいくよ。こないだ下見した店でいいんだろ？　目で見て選んだほうがいいだろうし、なんなら毎日買いにいってもいい」

ホストクラブで扱う酒は限られているから、酒の知識はまだまだだ。けれど使いパシリ的なことなら、新人時の仕事で慣れている。

「そうか。じゃあ頼もうかな」

カウンターの中に入ってきた黒石は、グラスとボトルの並んだ壁面の棚を見上げた。

店はまだ静かだ。開店は夜の七時からで、初日の今日は雇い入れた者たちも早めの出勤をしてくるはずだが、まだ昼の二時になったばかり。誰も来ておらず、小さな店内は二人だけだった。

「一葉、全部磨き直してるのか？」

「全部ってわけじゃないけど。黒石、おまえの磨きかた荒いんだよ。やっぱり曇ってた」

「やっぱり？」

首を捻《ひね》った男は、『小姑《こじゅうと》みたいだ』と言って苦笑する。

半年ほど前の想像が、現実のものとなっているのが不思議だった。カウンターでクロスを手に、黒石の店のグラスを磨いている。やっぱり無頓着《むとんちゃく》すぎると呆れながら――白坂は、そっと男の姿を盗み見た。

ホストのときには見なかった、真っ白なワイシャツがよく似合っている。黒髪に映えて、男前度が上昇している。

限られた人間しか黒石の転職、店のオープンを知らないが、見知った客がこの店に集まるのは時間の問題だろうなと思う。

世間は狭い。人の口に戸は立てられない。黒石はホスト時の客に来てもらうのが嫌なようだが、客が入らなければ店が成り立たない。情報誌に広告は入れてもらってるが、そんな不確実なものより馴染《なじ》みの客。そう考えてしまう自分は現実的、小賢《こざか》しすぎるだろうか。

――自分ばかりストイックそうな顔しやがって。

物欲も金銭欲も実のところなさそうな黒石は、確かに普段は寡欲《かよく》な男だ。けれど、真夜中……いや、夜明け…仕事がなければ昼も夜も、一度サカるとしつこい絶倫男。昨日もうっかり泊まってしまったばっかりに、散々な目にあった。

白坂は顔を火照らせる。体の奥に施《ほどこ》されたことを、つい思い起こしてしまった。そもそも、判っていながら週に何度も『うっかり』泊まりにいくのだから、非は黒石ばかりに押しつけられない。

　白坂は悔しげに隣を見る。

「……この、むっつり野郎」

　気づかれてはまずいと、声にせず唇だけ動かす。運悪く、棚から目線を外した男がこちらを見た。

「なんだ、一葉？」

「べ、べ、べつに」

「今、なにか言っただろ？　目、赤いぞおまえ…」

　目尻に指を伸ばされ、後ずさる。触れられたらやばいことになりそうだと緊張を走らせ、白坂が焦ったそのときだった。

　店のドアが前触れもなく開いた。

「こんちわ〜」

　入ってきたのは懐かしい男。二月に店で会って以来、二ヵ月ぶりの犬森だ。男は店の中に白坂と黒石の姿を見つけて満面の笑みとなる。

「あー、やっぱここやここや！」

「良平《りょうへい》、よく来てくれたな。迷わなかったか？」

「大丈夫大丈夫。うひゃ〜、店洒落《しゃれ》てんなぁ。さすが篤成さん、センスええ」

ぐるりと見渡す犬森に、あの家とジャージ姿を見せたい気がした。黒石のセンスだなんて、空間プロデューサーとやらが気を悪くする。

「…って、あれ？　なにしとんの？　早《は》よ入り」

「このドア重いんやもん。良ちゃん、押さえるとかしたってもええのに。あ、どうも初めまして」

犬森の後からのろのろとドアを押し開けて入ってきたのは、小柄なショートカットヘアの女性だ。ベビーカーを押しながら現れたのは犬森のお嫁さんだった。

開店を犬森に教えたら、嫁を連れていってもいいかと言われた。育児で疲れてるから息抜きに連れ出してやりたいのだと。子連れでバーはまずいから開店前に顔を出すと言われ、待っていたところだった。

「ほんま、久しぶりやなぁ。なんや、また色気ムンムンになってへん？　目ぇ、ウルウルしてんで？　昼間っから、酔うとるんか？」

「むっつりなんだ、一夜は」

冗談にもならないことを黒石が言い、白坂は不覚にも狼狽《ろうばい》して睨みつけた。さっきの言葉、感づいていたのか。偶然とは思えない。

カウンターに座った犬森は上機嫌だった。

もしかすると赤ん坊を見せたかったのかもしれない。ベビーカーですやすやとご就寝中の女の子を話題にすると、終始崩れ加減の顔で親バカ状態だ。

「けど、男前揃いのバーになってええねぇ。もぉ、良ちゃんなんかさぁ、ホスト向いてない言うてんのにまだ辞めへんし…」

「なんかってなんや！　これでも最近上がり株言うてるやろ！」

活発そうな奥さんと、可愛らしい子供。なかなか明るくて楽しい家族のようだ。

「二人は高校時代の同級生なんだってね」

「そうそう、私が二年の終わりに転校してきたんよ。私は卒業で、良ちゃんは中退」

「もぉ、なんで余計なこと言うんや」

犬森は頭を抱えてみせ、白坂は笑った。寡黙《かもく》にシェーカーを振っていた黒石が、カクテルグラスをすっと二人に差し出す。

「スプリング・オペラ」

美しい桜色のカクテルに、オレンジジュースとグリーンチェリーの沈んだ、春爛漫《らんまん》、浮き立つような色合いのカクテルだ。

「うわぁ、キレイ！」

「ちょお篤成さん、あんまカッコええとこ見せんで。嫁がくらっときてまうやろ」

「バーテンが酒出さないでどうする。俺の腕は末席だから、もっといい酒が飲みたかったら夜来るといい」

迂闊《うかつ》にも、カウンター内の白坂は見惚《みと》れてしまった。末席、見かけ倒し。ジャージ姿の黒石を想像してみたりして、気を静める。カクテルの一つぐらいでこれでは、一緒に働くのも一苦労だ。

「そういや二人、中学んときの同級生やったんやてな。そういうのは早《はよ》う言うてな。急に一緒に店やるなんて言うから驚いたわ」

グラスを磨く素振りで俯いた白坂と、黒石の顔を犬森は見る。黒石がなにか思い出したようにこちらを見た。

「あぁ、そうだ写真…」

「写真？」

「あぁ。先週見つけた。おまえに見せようと思ってスケジュール帳に挟んだんだった」

待ってろ、と言い残して店の裏に向かった黒石は、ホストの頃から使っている革手帳を手に戻ってくる。サイズの大きな手帳に挟まれ、なおもはみ出している写真は集合写真だった。

「覚えてるか？」

二年の秋の初め、修学旅行の際に撮られたものだ。制服姿の中学生が、ひな壇状にキレイに並んで映っている。黒石は右端の一番上。頭一つみんなより飛び出しているからすぐ判る。

カウンターに出された色褪《あ》せた写真に、犬森と奥さんまでもが身を乗り出した。

「へぇ、篤成さん、こん頃からデカかったんやな。けど、なんや田舎の少年いう感じやで」

「感じじゃない、実際田舎なんだ」

「一夜さんはどれ？　んー、アレ…ほんまにこん中におるん？　あ…もしかしてこれか？ありえへん、腹立つことでもあったんか？」

「あらら、なんか…暗そうなコやねぇ」

　白坂は無言でカウンターの写真を見下ろした。

　集合写真の小さな顔でも判る。唇をへの字に引き結び、俯き加減で目線は足元。カメラを見ようともしていない、一人この世の不幸を一心に背負ったかのような薄暗い表情。けれど、それは確かに自分の顔だった。大人になれど、面影は色濃く残っている。毎日毎朝、今朝も鏡で見た自分の十年前の姿だ。

『そこ、左から三番目の子！　もっと上向いて、こっち見て！』

　そういえば、あのとき写真屋に何度も声をかけられた気がする。写真が嫌で、どうしても嫌で、自分の姿が恥ずかしくて俯いた。何回も声をかけられ、クラスメートに失笑されてようやく撮られた写真がこの一枚だ。

　ただ、皆のように上を向くのができなかった。あのとき恥ずかしいことがあったとするなら、容姿の善し悪《あ》しなんかじゃない。皆を困らせたこと、過剰なまでのコンプレックスに後ろ向きになった心こそが醜さだったのに。

「そや、今日写真撮ろう思うて、カメラ持ってきてん。開店記念、こういうのはきちんと残さな」

ベビーカーに提げられたファンシーなリュックから、犬森がデジタルカメラを取り出す。替えの紙おむつと一緒に入れてきたらしいカメラを、意気揚々とかざす。

カウンターの前で、ベビーカーの赤ん坊も一緒に写真を撮ることになった。

「貸せ、俺が撮ろう」

「なに言うてん。篤成さんの店に自分が写らんかったら意味ないやろ」

「じゃあ、俺が…」

「私が押すのがいいんじゃない？」

「あぁ、もうええから、みんな愚図《ぐず》らんではよ並んで。子供が目ぇ覚ますわ」

犬森に押しきられ、従順になって並ぶ。赤ん坊と奥さん、その後ろに黒石と白坂。背景はバーのカウンターと、いかにもそれらしいボトルやグラスの並んだ棚だ。

「良ちゃん、ちゃんとバック考えてよ？　アップで撮ったら意味ないんやからね」

「判っとるて、うるさいわ」

夫婦漫才のような二人のやり取りに苦笑する。ふと視線を感じて隣を見ると、黒石が自分を見ていた。

「一葉」

黒石はただ小さくそう呼んだだけだ。

けれど、ただそれだけですべてが判った気がした。

犬森がカメラを構える。はい、チーズ。日本全国共通の掛け声を口にする。赤ん坊以外は理解できる言葉に、カメラのレンズへ三人の視線は集中する。

白坂は、黒石の望んだとおりにした。

シャッターを切られた瞬間、自らも望むとおり、晴れ晴れとした笑顔で写真におさまった。

みなさま、こんにちは。ルチル文庫さんでは、『はじめまして』となります。砂原糖子と申します。この度は本を手に取っていただきありがとうございます。

お話はホストネタとなりました。実はホストが主人公の話は二作目だったりいたします。書くべきか迷ったりもしたのですが、以前はホストと言ってもほとんど仕事は絡んでこない内容…『今回は違ったものになるはず、ええい！』と再びチャレンジしてしまいました。

い、いかがでしたでしょうか？　楽しんでいただける部分はありましたでしょうか？

残念なことに（？）二度も書いておきながら、ホストクラブへ行った経験はありません。でも、その昔ホストの方々とお仕事をご一緒したことはあります。ほんの三日ばかりの派遣のバイトです。宝石や毛皮を売る展示会でして、どうやらお店で主催か協賛、いつもと毛色の違う会場の雰囲気に圧倒されつつ働いてましたところ、ナンバーワンと思しき人を発見いたしました。ホストっぽさがまったくなく、おっとり頼りない感じの人でした。某テレビ局の安○アナウンサーのような…（お顔は違います）。

しかし、彼は凄腕でした。売り上げが悪くて困ってる『いかにもホスト』な方々を尻目に、一人で何百万も売り上げておられました。お客さんが『どうせ私ぐらいしか買ってあげる人いないんでしょ。しょうがないわねぇ』と言う態度で買っていかれる度、『騙されたらあかん！　この男、ごっつ売りよんねん！（意味もなく関西弁…関西圏の方、すみません）』と突っ込みを覚えていたのは言うまでもありません。それどころか、多少男性不信に…。

と、そんなインパクトのある思い出のためか、二度もホストネタをやってしまった次第です。長い説明ですみません。思い出話ですみません。白坂と黒石もホストらしさに欠けていたりもしますが、こんなホストもいたらいいなぁと思います。

今回、ルチル文庫さんで初めてのお仕事ということで、またまた緊張癖が出てしまいつつのお仕事でした。でも書き上げてみますと、自分なりに好きな作品になったような気がします。いつも、担当様に『大丈夫』と言われて初めて『大丈夫なんだ！』と思える私です。こんな頼りない私ですが、お声をかけてくださってありがとうございます。

イラストの金先生、またご一緒できてとても光栄です。ご迷惑をかけていないとよいのですが。どんな白坂と黒石を見られるのか、今からとても楽しみです。

編集に携わってくださった皆様、金先生、本当にありがとうございました。私の及びのつかないところでも、多くの方にお世話になっていることと思います。

そして、読んでくださった皆様、いつもありがとうございます。初めての方も、ご縁あって手にしていただき、本当に嬉しく思います。ご感想などありましたら、どうかなんなりとお聞かせくださいませ。

またお会いできますように。すべての方に感謝の気持ちをこめて。

２００５年８月　砂原糖子。

✦初出　夜明けには好きと言って……………書き下ろし

砂原糖子先生、金ひかる先生へのお便り、本作品に関するご意見、ご感想などは
〒151-0051 東京都渋谷区千駄ヶ谷4-9-7
幻冬舎コミックス　ルチル文庫「夜明けには好きと言って」係まで。

幻冬舎ルチル文庫

夜明けには好きと言って

2005年9月20日　第1刷発行
2013年10月10日　第6刷発行

✦著者　砂原糖子　すなはら とうこ

✦発行人　伊藤嘉彦

✦発行元　株式会社 幻冬舎コミックス
〒151-0051 東京都渋谷区千駄ヶ谷4-9-7
電話 03(5411)6431[編集]

✦発売元　株式会社 幻冬舎
〒151-0051 東京都渋谷区千駄ヶ谷4-9-7
電話 03(5411)6222[営業]
振替 00120-8-767643

✦印刷・製本所　中央精版印刷株式会社

✦検印廃止

ISBN4-344-80638-7　C0193　Printed in Japan